W0248136

VIELLEICHT HAT GOTT NUR EIN BURN-OUT

VIELLEICHT HAT GOTT NUR EIN BURN-OUT

Klaus Eckel

echomedia
BUCHVERLAG

A Fabiola

IMPRESSUM:
ISBN: 978-3-902900-24-1
2013 echomedia buchverlag ges.m.b.h.
Media Quarter Marx 3.2
A-1030 Wien, Maria-Jacobi-Gasse 1
Alle Rechte vorbehalten
3. Auflage 2014

Produktion: Ilse Helmreich
Layout: Brigitte Lang
Coverfoto: Johannes Zinner
Lektorat: Susanne Hartmann
Herstellungsort: Wien

Besuchen Sie uns im Internet:
www.echomedia-buch.at

INHALT

VORWORT

Im alten Ägypten schickte Gott den Menschen zehn Plagen. Damals dachte man: Schlimmer kann´s nicht werden. Doch was sind Stechmücken, Viehpest und Finsternis im Vergleich zu Panflötenbeschallung, Treuepunkten und Meinungsumfragen? Das war damals nur ein kleiner Appetizer.

Die Anzahl der Bürden hat sich vervielfacht. Hinter jeder Ecke lauert mittlerweile ein Energievampir. Nach unzähligen Beobachtungen und etlichen Gesprächen mit Mitmenschen wurde mir eines klar: Es fehlt eine belastbare höhere Instanz, die wieder ihr behütendes Auge auf unser Leben richtet. Den Job muss wieder wer machen. Der alte Vorstand wirkt lustlos. Ich vermute, falls es diesen Gott wirklich gibt, dann hat er derzeit ein Burn-out. Und falls es Gott nicht gibt, dann schaut niemand nicht auf uns. Das wäre dann ein schöner Anlass, diesen vakanten Schöpferposten auszuschreiben und zu besetzen. Und nein, geschätzter ORF, bitte nicht im Rahmen einer Castingshow.

Solange das nicht passiert, ist die schärfste Waffe, die ich im Kampf gegen Alltagsverderber besitze, das Wort. Andere Mittel erlaubt mir der Gesetzgeber trotz mehrmaligen Nachfragens nicht. Seit Jahren schreibe ich Kolumnen, welche regelmäßig in der weltweit bekanntesten

Wiener Straßenbahngazette „VORmagazin" erscheinen. Diese Beiträge versammeln sich jetzt unschuldig zwischen zwei Buchdeckeln.

Noch eine kleine Warnung vorweg! Diese Kolumnensammlung ist das Gegenteil eines Ratgebers. Vielmehr sucht der Autor Rat beim Leser. Dafür lässt er sich sogar bezahlen. Also ein völlig neues Konzept, das den Buchhandel auf den Kopf stellen soll. Meine Beiträge widmen sich größtenteils der größten Kunst der Menschheit: Dem Weiterwurschteln. Eine Disziplin, die in Österreich meiner Meinung nach erfunden, entwickelt und perfektioniert wurde. Deswegen kann nur ein Österreicher über diese Fertigkeit schreiben. Ich hoffe, so viel Nationalstolz wird einem der Welt offen gegenüberstehenden Schreiberling gewährt. Am Ende der Kolumnensammlung finden Sie noch eine Kurzgeschichte, die beweisen möchte, dass man Politik und Familie strikt trennen sollte, und die erste Folge einer Sitcom, die ungeduldig auf einen Sender wartet. Ich wünsche Ihnen viel Freude beim Lesen.

Bei Anregungen, Lob, Beschwerden oder sonstigen am Herzen liegenden Befindlichkeiten sind Sie herzlichst eingeladen, mich zu kontaktieren.

Hochachtungsvoll
Klaus Eckel
Der Humoranbieter Ihres Vertrauens

ONKEL PANIK, TANTE ANGST

Neulich las ich von dem Trend, Neugeborenen sofort ein GPS-Bändchen um ein Gelenk zu binden. Der harte Kampf in die Freiheit wird mit einer Fußfessel belohnt. Hinter dieser Aktion verbirgt sich so manche Elternangst, die Brut könnte bei diversen Untersuchungen verwechselt werden bzw. verloren gehen. Das Baby könnte natürlich auch einfach abhauen. Fünfzig Windeln sind schnell gepackt, dann schnallt es sich noch ein 10-Liter-Fass Aptamil um die Schultern, und schon geht´s per Autostopp nach Kreta. Was muss man nicht alles bedenken? Ich kann mich noch gut erinnern, wie mir nach der Geburt meiner Tochter ein Kinderarzt ein Sackerl mit Broschüren in die linke Hand drückte, in denen wurden Probleme beschrieben, die meine Tochter noch gar nicht hatte. In die rechte Hand überreichte er mir ein weiteres Sackerl, und zwar mit Prospekten für Lösungen, um diese nicht vorhandenen Probleme zu bewältigen. Gekauft habe ich davon nichts, jedoch kann man mit so viel Werbematerial hervorragend seine Heizkosten senken. Vor Kurzem beobachtete ich eine Mutter, die auf dem Kinderspielplatz ihrem Sohn Florian nicht erlaubte, auf der Schaukel den Fahrradhelm abzunehmen. Beim darauf folgenden Rutschen galt dies für seine Knieschoner. Schürfwunden und blaue Flecken kennt Florian wahrscheinlich nur aus dem Bilderbuch. Ich befürchte, dass in wenigen Jahren etliche Kinder nur mehr als wankende Michelinmännchen über den Spielplatz rennen dürfen. Falls sie dann überhaupt noch rennen dürfen. Bald gibt es auf dem Kinderspielplatz beim Herumtollen eine Geschwindigkeitsbeschränkung. Dieser Florian wird wahrscheinlich mit abgerundeten Nägeln sein erstes Baumhaus bauen und vor der Schulschlägerei wird ihm die Mama einen Zahnschutz in den Mund stecken. Vielleicht wird sie für ihn auch die ganze Welt auspolstern. Für ein aufregendes, risikoreiches Leben muss der Florian dann auf einen anderen Planeten ziehen. Egal wo das sein wird, ich hoffe für ihn, dass das GPS-Bändchen nicht so weit reicht.

WAS WEISS ICH!

Vor Kurzem rief mich jemand von einem Meinungsforschungsinstitut an: „Grüß Gott, wir führen zum Thema ‚Sinn und Leben' eine Umfrage durch. Was würden Sie machen, wenn Sie nur noch einen Tag zu leben hätten?" Ich antwortete: „Ausschlafen." Darauf er: „Das können Sie dann aber lang genug." Sofort erwiderte ich: „Woll´n Sie meine Meinung hören oder Ihre?" Danach hat er aufgelegt. Ich rief zurück: „Grüß Gott, ich führe eine Umfrage zum Thema: ‚Sinn und Umfragen' durch. Welche Meinung hat ein Meinungsforschungsinstitut?" Darauf er: „Keine. Wir sind neutral." Ich: „Aber von mir erwarten Sie eine! Ich habe auch keine. Ich habe keine Meinung zum Eurokurs, zu Omega-3-Fettsäuren oder zu Michael Jackson. Wenn ich mich den ganzen Tag damit beschäftige, Meinungen zu bilden, habe ich irgendwann 43.223 Meinungen, aber kein Leben. Ich setze mich dafür ein, dass dem Menschen etwas egal sein darf. Wurschtologie – man sollte es studieren können. Wenn man eine Vorlesung besucht, ist man durchgefallen, weil einem auch das Studium wurscht sein muss. Tragen Sie das in Ihre Liste ein!" Er: „Dafür gibt es kein Feld." Ich: „Das heißt, meine Meinung scheitert an Ihrem Feld?" Er: „Sie müssen einfach eine Meinung haben, die auf unserer Liste steht." Ich: „Was steht denn auf Ihrer Liste?" Er: „Ja, Nein und Weiß nicht" Ich: „Weiß nicht. Bei mir können Sie immer ‚Weiß nicht' ankreuzen." Er: „Auch beim Wohnort?" Ich: „Nein, kreuzen Sie beim Wohnort ‚Ja' an." Er: „Mach ich. Witzig, Sie sind heute mein neunter Gesprächspartner, der in ‚Ja' wohnt." Ich: „Ist auch wirklich schön hier." Er: „Wenn kommenden Sonntag Nationalratswahl wäre, welche Partei würden Sie wählen?" Ich: „Die mit den wenigsten Ideen." Er: „Warum?" Ich: „Weil die am wenigsten anstellen wollen." Er: „Dafür gibt es wieder kein Feld." Ich: „Dann kreuzen Sie diesmal ‚Nein' an, und alle weiteren Fragen abwechselnd mit ‚Ja' und ‚Weiß nicht'." Er: „Super, das war´s." An dieses Gespräch musste ich heute denken, als ich in der Zeitung las, dass 73 % der Österreicher gerne auf dem Land wohnen würden. Den Namen des Ortes kenne ich.

DAS KLEINE ICH BIN DU

Angeblich sollte sich jeder Mensch mit einem Wort beschreiben können. Meines wäre: Mitläufer. Auf Wiens Straßen gehe ich immer in die Richtung, in die sich die Masse bewegt. Das führt mich gelegentlich in unbekannte, charmante Stadtviertel, meistens jedoch zum Westbahnhof. Des Weiteren begehre ich nur ungern auf. An Demonstrationen nahm ich bis jetzt nur teil, wenn ich mir sicher war, dass zumindest 99,5 % der Österreicher derselben Meinung sind. Deswegen konnten mich bis jetzt nur Themen wie: „Ausschlafen für alle!" und „Rettet das Freibier!" für einen Aufmarsch begeistern. Wenn mich jemand fragt, wo ich politisch stehe, antworte ich stets: Ich bin ein sozial-liberaler, christlich grün-konservativer Pirat. Ich bin eigentlich ein Gesinnungsaal. Ich beherrsche die Fähigkeit, innerhalb eines Satzes derart viele Haken zu schlagen, dass Mahmud Ahmadinedschad und Barack Obama gleichzeitig meinen könnten, ich wäre ihrer Meinung. Ich kopiere auch ständig das Verhalten meines Gegenübers. Als ich neulich mit meiner Frau den Jahrestag in einem Restaurant verbrachte, lachte ich stets genauso lange wie sie, bestellte exakt die gleichen Speisen und führte immer im selben Augenblick meine Gabel zum Mund. Meine Frau meinte am Ende, dass sie das Gefühl hätte, den Jahrestag alleine zu verbringen. Ich bin chronisch anpassungsfähig. Wir mussten zu Hause jetzt sogar eine zweite Toilette einbauen, weil sich auch mein Stoffwechsel mit dem meiner Frau synchronisiert hat. Ich bin eigentlich ein Chamäleon, gefangen im Körper eines Menschen. Mich stört das nicht. Verhaltensforscher fanden jetzt heraus, dass eine solche Einstellung in der Steinzeit als besonders weise galt. Wenn damals ein Jagdkollege um die Ecke lugte, zu rennen begann und schrie: „Achtung, ein Löwe!" – überlebt hat sicher nur der Mitläufer.

AKTIVER MENSCHENSCHUTZ

Neulich nahm eine Biene auf meinem Frühstückstisch Platz. Sie setzte sich direkt auf die zweite Hälfte meines Marmeladebrots. Da ich sowieso lieber meine

Mahlzeiten in Gesellschaft zu mir nehme, war ich einem Food-Sharing gegenüber aufgeschlossen. Nach abgeschlossener Speisung flog die Biene direkt vom Marmeladebrot zu meinem rechten Unterarm und stach zu. Anschließend flüchtete sie aus dem offen stehenden Fenster. Schmerzverzehrt schrie ich ihr nach: „Dankbarkeit schaut anders aus!" Jahrelang habe ich mich jetzt für den Umweltschutz eingesetzt, doch ich werde das Gefühl nicht los, dass mir die Umwelt regelmäßig ins Gesicht spuckt. Tauben bekoten meinen Balkon, Ratten fressen meine Kellervorräte weg und Zecken zwingen mich zur Impfung. Die Beziehung zwischen Tier und Mensch steht schon länger auf einer schiefen Ebene. Während wir Menschen Krötentunnel bauen, blähen uns Millionen von Kühen mit einer unvorstellbaren Gelassenheit Methangas in die Atmosphäre. Ich vermisse deren Unterstützung. Welches Huhn überlegt sich nur einen Gedanken lang, ob ich glücklich bin? Ob mir die zugewiesene Gemeindewohnung ausreichend Platz bietet und nicht einer Schlafbatterie gleicht? „Wir Hühner legen nur mehr für Freilandmenschen" – das wäre einmal eine begrüßenswerte Initiative. Langsam erhärtet sich mein Verdacht, dass die ganze Natur uns unentwegt zu bekämpfen versucht. Hagelkörner halbieren den Wert unserer Autos, Allergiker werden mit Blütenpollen beschossen und Fahrradfahrer werden ganz bewusst mit Gegenwind gequält. Ich bin mir auch sicher, dass das Wetter ganz genau weiß, wann Wochenende ist. Ich würde vorschlagen, dass wir den menschlichen Fußabdruck einführen. Wenn uns jemand aus der Umwelt unverhältnismäßig oft schadet, steht er nicht mehr unter unserem Schutz. Brennnesseln, Kakerlaken und Lawinen – ihr könnt Euch schon einmal warm anziehen.

WIE MAN SICH REINLEGT

Meine Wohnung wünscht sich seit Jahren, dass ich sie putze. Kaum öffne ich die Eingangstür, bettelt mich jede Tischplatte, jeder Fenstersims und jede Fliese an: „Wische mich!" Doch ich überhöre alle. Mein Therapeut, den ich jetzt Lifetime-Coach & Burn-out-Manager nennen muss, weil es marketingtechnisch mehr fetzt, empfahl mir, auf die Tür ein Schild mit der Aufschrift: „Ich, Klaus Eckel, bin und bleib eine faule Sau" zu hängen. Er meint, wenn ich das jeden Tag lese, stemmt sich meine Psyche irgendwann dagegen. Mein Lifetime-Coach unterschätzt meine Psyche. Außerdem weiß jetzt meine Psyche, wie man sie überlisten will. Also, bei aller Skepsis, die ich meiner eigenen Helligkeit gegenüber hege: Ich fürchte, das wird mein Gehirn checken. Das ist bei den meisten Mentaltechniken das Problem. Zuerst muss man monatelang lernen, wie sie funktionieren, und danach darf man sie nicht kapieren. Nichtsdestotrotz (ein Wort, das immer dann kommt, wenn man keinen Übergang findet), in uns allen, sogar im Thomas Schäfer-Elmayer, wohnt ein kleiner Revoluzzer. Etliche menschliche Handlungen haben das Motiv: „I mach´s trotzdem". Will man, dass eine Hausmauer von möglichst vielen Menschen berührt wird, schreibt man am besten drauf: „Achtung, frisch gestrichen!" Wünscht man sich als Werbefuzzi, dass die eigene Plakatwand häufig betrachtet wird, dann sollte man sich den ganzen Tag vor diese stellen und schreien: „Hier gibt es nichts zu sehen!" Den Partner zwingt man mit dem Satz „Sag mir ja nicht, was du denkst" zu mehr Ehrlichkeit. Die letzte Sitzung beendete mein Lifetime-Coach mit der Aussage: „Der Mensch ist ein unglaublich raffiniertes Wesen." Sofort keimte in mir der Gedanke: „Der Mensch ist ein unglaublicher Trottel." Als ich diesen inneren Widerstand meinem Lifetime-Coach mitteilte, sagte er nur: „Genau darauf wollte ich hinaus."

DER GIPFELVERTEIDIGER

Im September bestieg ich meinen ersten 800er. Und zwar den Clemensberg im Hochsauerland. Am 19.9. um 13 Uhr 42 stand ich endlich auf dem Gipfel. Gewärmt von meiner orangen Daunenjacke und mit einem Eispickel in der Hand blickte ich über Nordrhein-Westfalen. In solchen Momenten vergisst du alles – den schlecht beschilderten Weg, den vertrockneten Kaiserschmarren im Basislager I (675 m) und die zwei kölnischen Sherpas, die in letzter Sekunde doch noch abgesprungen sind. Auf einmal hatte ich das Gefühl, vieles zu verstehen. Meine Sehnsüchte, meine Erwartungen und die Bücher von Reinhold Messner. Leider konnte ich nur kurz in diesen aufgewühlten Emotionen verweilen, da eine neben mir befindliche Kindergartengruppe darauf bestand, auch einen Blick durch das Fernglas zu werfen. Ich räumte den Gipfel und begab mich über die Südflanke zurück ins Tal. Dort wollte bedauerlicherweise niemand mit mir diesen Erfolg feiern. Zumindest stieß in einem Tiroler Bergsteigerverein mein Diavortrag „Kahlenberg, Bisamberg, Clemensberg" nur auf zurückhaltende Begeisterung. Ein vollbärtiger, vor mir sitzender Alpinist meinte: „Klaus, du muascht weiter rauf. Dorthin, wo´s Eis dick isch und die Luft dünn. Des sag nit i, des ruft da Berg!" In Anbetracht der vielen Unfälle im Hochgebirge vermute ich, dass es zwischen Menschen und der Natur derzeit ein massives

Verständigungsproblem gibt. Ich habe den Eindruck, dass Berge eine gewisse Höhe als ihren Intimbereich betrachten und es nicht schätzen, wenn dort Tausende alpine Dilettanten umhertrampeln. Oder anders gesagt, so manches tibetische Hochgebirge mag zu uns rufen, nur vermute ich, seine Botschaft lautet: „Bleibt im Tal!"

GOOGLE KNOWS BETTER

Neulich tippte ich in die Google-Suchleiste folgende Frage ein: „Was ist im Leben meines Aufgabe?" – Google besserte mich aus. „Meinten Sie: Was ist im Leben meine Aufgabe?" Kleinlich, aber auf Antwort hoffend drückte ich auf die ausgebesserte Fragestellung. Null Treffer. Na, da hätten wir aber bei der alten Fragestellung bleiben können, dachte ich mir. Ich tippte nochmals ein: „Was ist im Leben meines Aufgabe?" 13.629 Treffer. Die ersten zehn verwiesen auf Humboldt-Rechtschreibkurse. Deswegen bin ich also auf der Welt. Ich soll den Genetiv beherrschen. Die Politik fordert immer häufiger umfangreiche Deutschkenntnisse. Der Computer macht uns jedoch zu faulen Wesen. Man tippt „uAot" ein und hofft, dass er selbstständig auf „Auto" ausbessert. „Rechtschreibprüfung" ist also die euphemistische Bezeichnung für „Deppenmodus“. Ich stand einmal neben einem Jugendlichen, der auf eine Hausmauer „Vuck you“ sprayte. Als ich ihn darauf hinwies, dass man „Vuck“ mit Fähnchen-F und nicht mit Vogel-V schreibt, starrte er mich entsetzt an. „Oida, und warum san dann net wie am Computer so rote Wellen drunter?“ „Uff“, dachte ich mir. Eigentlich ist „Uff“ das Wort, welches ich mir im Leben am häufigsten denke. Millionenfach durchwanderte es schon mein Gehirn, und trotzdem hat es im Duden noch immer keinen Platz gefunden. Eigentlich schade. So wie das Wort „Matschis“. Das ist meine Bezeichnung für Produkte, die ich ganz unten im Einkaufssackerl aufbewahre und die bis zum Auspacken einen unglaublichen Verformungsprozess erleben. Ich habe auch einen Begriff für schnelles Altern durch Stress erfunden: „Avanti Aging“. Oder viele Gebäude, Landschaften und Mitmenschen finde ich immer wieder „schässlich“. In Geschmacksfragen gehen in meinem Kopf die Wörter „schön“ und „hässlich“ des Öfteren gemeinsam ins Bett. Dann wären da noch die Söhne und Töchter, die aufgrund von widrigen Umständen wieder bei der Mama eingezogen sind. Die sogenannten „Bumerangkinder“. Das sind alles Wörter, die mein Computer rot unterwellt, und trotzdem schreien sie in unserer heutigen Zeit nach einer Berechtigung. Übrigens, um das Dilemma an der Hausmauer noch zu einem logischen Ende zu bringen, schrieb ich das Wort „Bisatest“ dahinter. Jetzt steht dort zumindest: „Vuck you, Bisatest“. So macht alles wieder Sinn.

ARME HINTERN KOPF

Gestern rief mich mein alter Schulkollege Peter, von dem ich seit mindestens zehn Jahren nichts mehr gehört habe, völlig überraschend an und flüsterte ins Telefon: „Du, Klaus, ich wollte dir nur mitteilen, dass ich total im Stress bin. Ich kann jetzt einfach nicht reden. Ich bin in einer Besprechung und melde mich bei dir, wenn es wieder besser geht." Danach legte er auf. Im ersten Moment war ich über den Gesprächsverlauf etwas enttäuscht. Jedoch weiß ich jetzt, dass Peter ein wichtiger Mensch ist. Es war ihm anscheinend wichtig, mir das mitzuteilen. In der Schulzeit war Peter nur für seine Nachhilfelehrer ein wichtiger Mensch. Er sicherte vielen von ihnen ein üppiges Einkommen. Wichtige Menschen haben keine Zeit, und die wenige, die ihnen übrig bleibt, opfern sie meistens dafür, dies anderen Menschen mitzuteilen. Ich habe mir schon überlegt, ein Stress-Service zu gründen. Ich würde meine Kunden unzählige Male am Tag anrufen, nur damit bei deren Umfeld der Eindruck entsteht: „Der wird gebraucht. Ohne ihn geht alles den Bach runter!" In einem Kaffeehaus beobachtete ich neulich zwei Männer, die ganz offensichtlich an ihren Krawatten mehr hingen als an ihrer Freizeit. Sie schlürften Latte macchiatos und pokerten mit ihren Überstunden. Der eine meinte: „Ich verbrachte letzte Woche 65 Stunden im Büro." „Bei mir warn´s bitte locker 72", unterbrach ihn der andere.

„Ja, aber wenn ich die von zu Hause mitrechne, komme ich wahrscheinlich auf über 90 Arbeitsstunden", erwiderte erneut der erste. Ich setzte mich unaufgefordert zu den beiden und sagte: „Freunde, ich habe eine 168-Stunden-Woche, drei Bypässe und einen Herzschrittmacher!" Vor Ehrfurcht fielen den beiden ihre Blackberrys aus den Händen. Eine solche Aussage bezeichnet man beim Stresspoker als Royal Flush. Doch in Wahrheit bluffte ich wieder einmal. Mir fehlt leider seit meiner Geburt völlig der Zugang zum Fleiß. Es gibt Tage, an denen fühle ich mich sogar ausgebrannt, nachdem ich mich zu hektisch im Bett gewälzt habe. Ich diagnostiziere mir bereits ein Liege-Burn-out. Aus eigenem Interesse versuche ich deshalb, mein Umfeld von den Vorteilen der Fleißresistenz zu überzeugen. Meinem ehemaligen Chef schlug ich vor, dass man ein Unternehmen wie einen Zoo organisieren sollte. Dort zahlen Kunden auch Eintritt, um anderen beim Schlafen zuzuschauen. Dieser Vorschlag machte ihn zu meinem Ex-Chef. Egal, ich bleibe auf Kurs. Physisch gehemmte Menschen waren mir immer sympathischer. Sie glauben an den Mitmenschen, weil sie nicht alles selber machen wollen, sie halten bei Weihnachtsfeiern erträglich kurze Reden und sie sind unglaublich dankbar, wenn man ihnen den Arbeitsplatz wegnimmt. Faule Menschen provozieren keine Kriege, belegen bei Skirennen gerne den vierten Platz, damit sie nicht aufs Podest klettern müssen und schreiben langatmige Kolumnen einfach nicht fert...

BEGRABEN UNTERM DISPLAY

Das ist eine interaktive Kolumne. Bitte nehmen Sie Ihr Mobiltelefon in die Hand und blättern Sie sämtliche Kontakte durch. Ordnen Sie jeden Kontakt einer der folgenden vier Kategorien zu: 1 – „Ruf ich immer wieder an" 2 – „Könnt ich wieder einmal anrufen" 3 – „Was macht der noch im Handy?" 4 – „Wer ist das überhaupt?". Kontakte der Kategorien 2 und 3 sind sogenannte Handyleichen. Kontakte der Kategorie 4 sind dem Alkohol oder der Demenz zuzuschreiben. Meistens beidem. Nach einer neuen Studie hat jeder von uns mehr als zwei Drittel an toten Kontakten unter seinem Handy-Display begraben. Mir ist durchaus bewusst, dass auch mein Name in etlichen Mobiltelefonen mit der Zeit zur Leiche wurde. Manchmal vermute ich, dass er es bereits während des Einspeicherns war. Die Höflichkeit, die bei manchen Menschen auf der Schulter sitzt, dürfte jedoch meinen Gesprächspartnern immer wieder ins Ohr flüstern: „Frag ihn am Ende der Unterhaltung nach seiner Telefonnummer! Das gehört sich einfach!" Ich versuche mich manchmal gegen diesen klinisch toten Handystatus zu wehren. Wenn ich weiß, dass jemand im Besitz meiner Telefonnummer ist, diese jedoch nie benützt, schreibe ich ihm folgende SMS: „Ruf mich an oder lösch mich!" Lieber im virtuellen Papierkorb landen, als unnütz einen Speicherplatz besetzen. Ich selbst habe aus meinem

Handy auch alle Leichen entfernt. Leider ist nur die Telefonnummer der Mobilbox übrig geblieben. Weil die Dame so eine schöne Stimme hat, rufe ich sie sehr gerne an. Neulich fragte ich sie nach dem Pfeifton, ob sie mit mir unverbindlich etwas trinken gehen möchte. Sie schrieb mir sofort eine SMS zurück: „Ja, sehr gerne. Die Kosten betragen 2 Euro 30 pro Minute."

WIR HABEN EUCH NICHT VERDIENT

Auch diesmal bin ich wieder einmal völlig verzweifelt in der Wahlzelle gestanden und war mir nicht sicher, bei welcher Partei ich mein Kreuz setzen soll. Ich finde einfach alle gut. Das liegt auch daran, dass ich vor einiger Zeit die Arbeitsbedingungen sämtlicher Politiker genauer unter die Lupe genommen habe.

DIE BETRIEBSSTÄTTE:

Der Arbeitsplatz eines Abgeordneten, das Parlament, bietet unzumutbare Bedingungen. Ein pflanzenarmes und fensterloses Großraumbüro mit unbequemen Sesseln und einer davor befindlichen Tischfläche, die gerade Platz für ein Kaffeehäferl bietet. Während der Arbeit steht man ständig unter der kritischen Beobachtung von Kollegen. Gelegentlich wird man sogar von arbeitslosen Fernsehzuschauern überwacht. Kein Wunder, dass etliche Politiker Hunderte Tageszeitungen vor sich stapeln. Das ist der verzweifelte Versuch, sich hinter einer Papiermauer ein wenig Intimsphäre zu verschaffen. Manchmal sitzt man als Politiker im Parlament neben einem Menschen, der völlig anderer Meinung ist. Manchmal sitzt man aber auch neben einem politischen Gegner.

DER ALLTAG:

Am Wochenende müssen Politiker Ausstellungen eröffnen mit Titeln wie „Die Mongolen in Attnang-Puchheim" oder eine einstündige mitreißende Rede halten bei der Betriebsfeier „1000 Jahre Tupperware". Bei jedem Hochwasser werden sie in Regenjacken und Gummistiefel gezwungen, um völlig betroffen durch betroffene Gebiete zu stapfen. Ihr Arbeitstag endet selten um 17 Uhr. Während es sich das Volk mit Bier und Chips auf der Couch bequem macht, verbringen sie ihre Freizeit im Fernsehstudio und werden aggressiv verhört. Zumeist sitzen sie dabei niedriger als der Moderator und bekommen ein abgestandenes Glas Wasser. Durstig, degradiert und übermüdet kämpfen sie dagegen an, ahnungslos zu wirken.

DER WAHLKAMPF:

Auf Wahlplakaten müssen sich Spitzenpolitiker mit wildfremden Senioren und Studenten ablichten lassen und dabei Verständnis für deren Probleme vorgaukeln. Darüber prangen von der Werbeagentur entwickelte Slogans wie „Sozial, entschlossen, zuverlässig". Der vor dem Plakat stehende Spitzenpolitiker muss sich ständig fragen: „Bin ich das überhaupt?" Die meisten Politiker leiden unter einer chronischen Daumenzerrung, da dieser ständig nach oben gehalten werden muss. Bei den auf der Straße befindlichen Parteiständen blasen selbst kettenrauchende Abgeordnete bis zum Lungeninfarkt Luftballons auf, um diese dann völlig gerädert einem Kleinkind zu überreichen. Währenddessen versuchen sie sogar noch, die zum Kind gehörende, alleinerziehende Mutter von den Vorteilen der Körperschaftssteuersenkung zu überzeugen.

Als mir das alles in der Wahlzelle bewusst wurde, entschloss ich mich, das Kreuz quer über den Stimmzettel zu setzen. Ich finde, das war ein starkes Zeichen gegen die aufkeimende Volksvertretervolksverdrossenheit.

AUS DEM LEBEN GEGRIFFEN

Sozial betrachtet ist das neue Jahr der Megahammer. Ich habe bereits 78 neue Freunde. Und täglich werden es mehr. Ich bin jetzt Mitglied bei der Internetcommunity Facebook. Trotzdem zähle ich auf dieser Plattform zu den Einzelgängern. Unter 1000 Freunden ist man dort eigentlich ein virtueller Eremit. WWW-Freundschaften laufen anders ab. Man hört sich nie, man sieht sich nie, aber man weiß, man hat einander. Mit meiner ehemaligen Schulkollegin Michaela verabredete ich mich dann doch. Wir vereinbarten ein Treffen samstags um 10 Uhr am Flohmarkt. Zu einer Begegnung kam es nie. Ich wartete am Naschmarkt und sie im Chatroom von eBay. Seitdem bleibe ich zu Hause. Der Mann vom Lieferservice schiebt mir täglich eine Familienpizza unter den extra höher ausgeschnittenen Eingangstürschlitz. Auch meine neue Skiausrüstung habe ich auf diesem Weg erhalten: eine schnelle Grafikkarte und eine ergonomische Tastatur. Bei der ORF-Ski-Challenge muss ich mich nie beim Lift anstellen, die Hüttenmusik kann ich auf lautlos schalten und das Wetter verändere ich per Mausklick. Fantastisch. Auf einem zweiten Bildschirm spiele ich Sims. Dort bin ich glücklich mit Jackie verheiratet und wir haben drei Kinder. Deren Hobbys sind Geschirrspüler ausräumen, Staubwischen und Taschengeld selbst verdienen. Nur mein Nachbar unterbrach gestern diese virtuelle Idylle. Er hat mir eine E-Mail geschrieben, dass unter meinem übergehenden Briefkasten bereits 39 Rechnungen, 33 Mahnungen und ein blauer Brief von meinem Arbeitgeber liegen. Na ja, vielleicht sollte ich mich wirklich auch um mein zweites Leben kümmern. Ich werde das heute Abend mit meiner Frau Jackie besprechen. Vorher schalte ich sie aber noch auf den „Ich liebe dich, egal was kommt"-Modus.

LASS DICH NIEDER!

Jahrelang wohne ich jetzt schon in einer durchaus knapp kalkulierten Wohnhausanlage. Wenn ich meinen Kopf aus dem Küchenfenster strecke, blicke ich direkt auf das Klofenster des Nachbarn. Wir wohnen so eng beieinander, dass immer nur einer sein Fenster öffnen kann. Das machen wir uns dann meistens mittels Handzeichen aus. Hinzu kommen die akustischen Herausforderungen. Jeden Morgen werden unzählige Obstmixer und Föhns angeworfen. Nur wenige Minuten später setzen etliche Waschmaschinenschleudergänge ein und lassen damit das komplette Wohnhausanlagenorchester erklingen. Da mir die Lautstärke dieser Haushaltsgerätesymphonie regelmäßig das Gefühl gibt, dass das Haus gleich abheben könnte, verharre ich meistens im Ohrensessel und suche reflexartig nach dem Anschnallgurt. Während ich am ganzen Körper zittere, verhält sich meine innere Stimme wie ein routinierter Flugzeugkapitän. Sie flüstert mir ein: „Meine Damen und Herren, bleiben Sie sitzen und klappen Sie das Frühstückstablett hoch. Das sind nur vorübergehende Wohnhausturbulenzen. Ladies and gentlemen ... ähm ... forget it." Leider spricht meine innere Stimme genauso schlecht Englisch wie ich. Egal, aufgrund der Wohnhauslärmdurchlässigkeit kennt man irgendwann die Probleme seiner Nachbarn besser als die eigenen. Wahrscheinlich, weil man dort noch zuhört. So eine Situation ist ein guter Nährboden für Sätze wie „Ich hätt´ gern was im Grünen". Da kommt es gelegen, dass die Gemeinde Rappottenstein jetzt Baugründe verschenkt. Die jungen Einwohner ziehen nämlich alle nach Wien. Vielleicht denken die sich: „Ich hätt gern was im Grauen." Wirklich kaum vorzustellen, aber es gibt Menschen, die sich meine Wohnhausanlage als Poster über ihr Bett hängen und sich regelmäßig dort hinträumen. Da manche Bürgermeister in Österreich verzweifelt nach Bürgern suchen, habe ich mir jetzt einen Grund in Altkapfern angesehen. Diesen erhält man gratis, dazu ein Fertigteilhaus, eine Kirchenbank mit eingeschnitzten Initialen und eine Liebesnacht mit der örtlichen Weinkönigin. Ich bat den Bürgermeister um Bedenkzeit, da ich mich noch in Verhandlungen mit Neumurgel, Attnang-

Neusiedl und Unteröd befinde. Um von der Realität nicht enttäuscht zu werden, habe ich jetzt jedoch beschlossen, von allen vier Orten nur Poster zu kaufen und diese über mein Bett zu hängen.

WACHSTUMSSTÖRUNG ALS CHANCE

Letztes Mal war ich in Schönbrunn. Beim Pandabären Fu Hu. Alle stehen auf ihn. Ich nicht. Der Panda war schon als Auto eine Zumutung. Mir ist die Faszination dieser chinesischen Bärenknödel sowieso rätselhaft. Sie haben Übergewicht, verschlafen zwei Drittel des Tages und rappeln sich nur einmal im Jahr zum Geschlechtsakt auf. Der neben mir stehende Besucher meinte, dass der Österreicher sich mit solchen Tieren eben identifizieren kann. Danach pilgerte ich zu den frisch geschlüpften Eisbärenbabys. Die gelten derzeit als goldig, putzig und zum Fressen. Nur wehe, sie wachsen. Der deutsche Eisbär Knut konnte ein Lied davon singen. Mit jedem Kilo schrumpfte seine Popularität. Plötzlich wurde bekannt, dass ausgewachsene Eisbären sogar manchmal ihre Jungen fressen. Ich wartete bereits auf die Schlagzeile

„Knut wird Monster". Zu seinem Glück ist er vorher verstorben. In der Hitparade der Bären steht der Braunbär ganz unten. Er ist der Al-Kaida-Chef unter den Tieren – alle suchen ihn. Wahrscheinlich träumen die sich im Wald versteckenden Braunbären den ganzen Tag von einem schwarz-weiß schattierenden Fell und zwingen ihren Nachwuchs bereits, Bambus zu fressen. Mit dem Satz „Ihr sollt es besser haben als eure Eltern" könnten sie diese radikale Ernährungsumstellung argumentieren. Und bitte immer schön putzig bleiben! In puncto Sympathie werden die Großen von den Kleinen gefressen. Das gilt auch für das Tier Mensch. Solange man Windeln trägt, darf man alles. Schreien, sabbern, erbrechen. Jede noch so kleine Einlage wird von stolzen Eltern mit dem Handy fotografiert und der gesamten SIM-Karte zur Verfügung gestellt. Doch es kommt der Tag, an dem man sein mobiles Klo ablegen muss. Ab diesem Zeitpunkt wird der König zum Menschen. Wer dann noch immer begeistert schreit, sabbert und erbricht, wird zur Zumutung oder zu einem Talkshowgast. Meistens beides gleichzeitig.

Zum Schluss besuchte ich letztes Mal in Schönbrunn die Totenkopfschabe. Ich bin ein großer Fan von ihr. Weil: Ob jung oder alt – putzig ist sie immer.

DAS AUFWÄRTSSPIEL

Neulich sah ich im Fernsehen einen Bericht über Menschen, die es geschafft haben. Leistungsträger aus unterschiedlichen Bereichen kamen zu Wort. Zum Beispiel erklärte ein erfolgreicher Rennradfahrer, dass er jedes Jahr mindestens 40.000 Kilometer im Freien auf dem Drahtesel verbringe. Als die Moderatorin ihn fragte, bei welcher Tätigkeit er in der Freizeit Ausgleich finde, meinte er: „Am liebsten sitze ich im Keller am Heimtrainer und radel!" Unvorstellbar. Danach wurde ein englischer Börsenmakler und Selfmade-Millionär vorgestellt. Dieser meinte, sein Erfolg beruhe mitunter darauf, jede Nacht mit einem Notebook auf dem Bauch einzuschlafen. Sogar beim ehelichen Liebesspiel bevorzugt er Positionen, die ihm einen ungestörten Blick auf den Bildschirm ermöglichen. Die moderne Ménage-à-trois mit Mann, Frau und Apple. Ich bin mir sicher, ein Erotikratgeber mit dem Titel „Die hundert Stellungen des Business-Kamasutra" wird nicht mehr lange auf sich warten lassen.

Zusammenfassend kann man sagen, dass Menschen, die es geschafft haben, sich durch Besessenheit auszeichnen. Sie malen, bis der Pinsel bricht, kochen sich von Haube zu Haube und kämpfen um jede Stimme. Obwohl, das funktioniert nicht immer.

Ich kenne einen Tiroler Lokalpolitiker, der hatschte fünf Stunden lang zu einem Bergbauernhof, nur um das dort lebende Ehepaar von seinem Wahlprogramm zu überzeugen. Als er ankam, hing an der Eingangstür ein Schild mit der Aufschrift: „Wir sind im Tal!" Der Politiker erklärte mir, er hätte damals zwar keine Wähler gefunden, jedoch sehr viel Zeit, um über sein Programm nachzudenken. Zur Wahl ist er dann nicht angetreten.

Das Interessante am Erfolg ist, dass wir ihn nur im Vergleich genießen können. Das fängt mit dem ersten Tag an. Wer war die leichtere Geburt? Wer hatte mehr Gewicht? Wer konnte länger durchschlafen? Willkommen in der Hitparade des Lebens. Deshalb kommen auch jedes Jahr über 130 Millionen schönste Babys auf die Welt. Wir vergleichen Megapixel, Pferdestärken und in extremen Fällen sogar die Anzahl der Nierensteine. Nichts ist absolut. Leider. Schon in der Schulzeit dachte ich mir, dass ein Fünfer ein gutes Ergebnis wäre, wenn ich nicht die Noten der Klassenkollegen wüsste.

Um das eigene Scheitern nicht ständig vorgeführt zu bekommen, gibt es zwei Möglichkeiten. Entweder man legt sich die Messlatte für den Erfolg so hoch, dass man bequem darunter durchlaufen kann, oder man führt eine Not-to-do-Liste. Auf dieser notiert man nur Aufgaben, die man in seinem Leben nicht erledigen muss. Auf meiner Liste steht zum Beispiel: „Atommüll entsorgen, einen illegalen Außerirdischen vor der Fremdenpolizei verstecken, mit Delfinen so lange schwimmen, bis sie depressiv sind usw." Diese Liste liegt neben meinem Bett. Jeden Morgen nach dem Aufwachen setze ich neben zehn dieser Not-to-do-Aufgaben ein Hakerl. Danach schlafe ich beruhigt wieder ein. Es ist manchmal auch ein schönes Gefühl, etwas nicht erledigt zu haben.

DER GEGNER IN UNS

Wie führt man sich eigentlich selber hinters Licht? In diesem Zusammenhang gibt es eine neue Studie. Wenn man in einem Pissoir ein kleines Plastiktor mit einer an einem Faden baumelnden Kugel befestigt, erhöht sich die Treffsicherheit um 70 %. Was uns dieses Ergebnis über die männliche Psyche sagen will, überlasse ich Ihnen. Nun muss ich zugeben, dass auch in meinem Stammlokal eine gewisse Begeisterung über diese Toilettenanimation bemerkbar ist. Die WC-Besuchsfrequenz erhöhte sich seit der Installation massiv. Auch bewährte Tischverabschiedungsphrasen wie „I muss kurz austreten" wurden schleichend durch „Das Match fängt gleich an" ersetzt. Den ständig aus der Toilette ertönenden Torjubel nimmt unsere Wirtin mittlerweile gelassen hin. Sie meint dann immer: „Ein kleiner Sieg für ihn, aber ein großer für die Sauberkeit." Die menschliche Psyche auszutricksen ist eine spannende Kunst. In Japan benützen etliche Angestellte, die in der Früh Hemmung beim Aufstehen verspüren, einen Wecker namens „Super Clocky". Dieser läutet nicht nur, sondern er springt gleichzeitig von der Kommode und rollt durch den Raum. Beim Versuch, diesen einzufangen, wird der Kreislauf angekurbelt und der Weckerjäger ist danach wach. Ich nehme nur an, dass, wenn man dieser läutenden Beute bis zu Mittag erfolglos hinterherhetzt, einem der Kreislauf sagen wird: „Bitte, leg dich wieder hin!" Übrigens, in der Studie stand auch, dass Menschen, die sich beim Essen selbst beobachten können, ein Drittel weniger Kalorien verschlingen. Morgen kommen Gäste zu mir. Bevor die erscheinen, hänge ich vor dem Esstisch ganz sicher einen Spiegel auf.

DIE WELT IST EIN TRESOR

Immer öfter gehe ich mit gesenktem Blick durch die Stadt und flüstere Folgendes vor mich her: „1323, tmausi72, 4839ta, Bussibär27, 15419". Ich versuche verzweifelt, mir die Zugangscodes von Handy, Bankomatkarte, Computer, Alarmanlage und E-Mail-Account zu merken. Natürlich muss man im Gehirn ständig Platz für neue Passwörter schaffen, und deswegen befreie ich es jährlich, meistens im Mai, von anderen Informationen. Ich nenne diesen Vorgang den neurologischen Frühjahrsputz. Einmal fiel dieser Räumung leider auch meine Wohnadresse zum Opfer. Das bescherte mir dann einen sehr langen Nachtspaziergang. Diese von Zahlen und Buchstaben versperrte Welt lässt auch Bankräuber immer mehr vereinsamen. Anstatt ihre sozialen Kontakte in der Filiale zu pflegen, sitzen sie jetzt mit Strumpfmaske und Pistole in der Hand vor ihrem Notebook und schreien es an: „Gib mir TAN und PIN und es passiert dir nichts!" Damit verliert dieser Beruf seine letzte Coolness. In Japan gibt es bereits Hightech-Hosen mit elektronischem Türschlitz. Dieser verlangt vor der Öffnung die Eingabe eines fünfstelligen Codes. Gar nicht auszudenken, wie nervös die Blase wird, wenn am Hosendisplay dreimal hintereinander die Worte „Zugriff verweigert" aufblinken. Damit mir so etwas nicht passiert, betreibe ich auf der Straße weiterhin mein Code-, Passwort- und PIN-Training. Übrigens, falls Sie mich dort antreffen und etwas fragen möchten, dann müssen Sie mir zuerst die Zahlenkombination „7849678" ins Ohr flüstern. Erst dann entriegelt sich mein Mund.

ICH MICH AUCH

Vor Kurzem saß ich auf einer Parkbank und beobachtete auf der gegenüber befindlichen Liegewiese ein schmusendes Pärchen. Sofort stellte ich mir folgende Frage: „Würde ich mich in mich verlieben?" Mit geschlossenen Augen gab ich mich dann diesem Gedankenexperiment hin. Ich überlegte mir, ob ich mir auf der Straße nachschauen würde? Ob mich sofort der Gedanke erfassen würde: „Ist der fesch, ich pack´s nicht!" Hätte ich bei mir diesen unbändigen Willen, mich anzusprechen, um nach einem gemeinsamen Kaffee zu fragen? Würde ich mich bei diesem Kaffee dann spannend finden und mir von Anfang an denken: „Wahnsinn, der ist nicht nur attraktiv, der ist auch intelligent und unglaublich humorvoll!" Hätte ich bei der Verabschiedung bereits ein paar Schmetterlinge im Bauch und vielleicht ein sexuelles Abenteuer im Kopf? Würde ich dann wegen mir tagelang verzweifelt auf das Handy blicken und mir überlegen: „Wann ruft er endlich an?" Könnte ich mir vorstellen, vor Freude den Vorzimmerkasten zu umarmen, falls dann wirklich mein Name am Display erschiene? Würde ich wegen mir gemeinsam mit einer Freundin stundenlang Gewand auswählen, nur um mich zu beeindrucken? Wäre ich bereit, mir zu Ehren Aufwand zu betreiben, ein Tretboot zu mieten, einen Picknickkorb zu bestellen und einen sauteuren Deoroller über meine Achselhöhlen gleiten zu lassen? Würde ich mir dann wirklich am nächtlichen Himmel den großen Wagen, Kassiopeia und Andromeda zeigen? Hätte ich dann wirklich das Bedürfnis, mich zu küssen? Würde ich mir dann sofort denken: „Ich will ein Kind von dir!" ... So, spätestens hier musste ich leider mein Gedankenexperiment abbrechen, da mein Gehirn vehement den Modus „Realismus" einforderte. Seit dieser Erfahrung muss ich eines festhalten: Liebe macht vielleicht blind, jedoch die Aufforderung, sich in sich selbst zu verlieben, öffnet einem die Augen.

VOM GLÜCK ERDRÜCKT

Mein neuer Nachbar geht jeden Dienstag in das derzeit angesagte Tanzlokal „Passage", um dort die Frau für die Ewigkeit zu finden. Meistens kehrt er enttäuscht zurück, da sämtliche Frauen nur für die Schlürfdauer eines Cocktails an seiner Seite verweilen. Er meint, das Einzige, was er regelmäßig zum Schmelzen bringt, sind die im Glas befindlichen Eiswürfel. Ich betrachte das als Teilerfolg und versuche ihn des Weiteren damit zu trösten, dass man in einem Lokal, das Passage – also Durchgang – heißt, nur sehr schwer einen Menschen findet, den man ein Leben lang halten kann. Doch das hilft bei ihm alles nichts. Neben den Partnersuch-Lokaltouren ist er in sämtlichen Internet-Singlebörsen mit 37 verschiedenen Identitäten eingetragen und konnte jetzt aufgrund der beachtlichen Frauenquote dem Reiz nicht widerstehen, auf der Volkshochschule einen Schwangerschaftsgymnastikkurs zu besuchen. Dass sich dort die meisten Damen wahrscheinlich in einer Partnerschaft befinden, ist ihm einfach nicht begreiflich zu machen. Er meint, er könne sich mittlerweile eine Dreiecksbeziehung vorstellen und würde auf Wunsch auch für fremde Kinder Alimente zahlen. Mir scheint, sein wahres Problem ist, dass sich bei sämtlichen Aktionen Hoffnung und Enttäuschung ständig die Hand geben. Ich konnte mich von diesem Kreislauf befreien.

Ich war vor drei Jahren auf einem Glücksseminar. Wir saßen dort im Kreis und der Seminarleiter fragte mich, was ich mir von diesem Wochenende erwarte. Ganz spontan antwortete ich: „Glück!" Der Seminarleiter schaute genauso überrascht wie wahrscheinlich die Trojaner, als sie den Bauch des Holzpferdes öffneten. Ganz offensichtlich war das die falsche Antwort. Er meinte, der Gipfel des Glücks ist, nichts zu erwarten und dadurch wieder alles zu schätzen. Seither versuche ich, diese Weisheit anzuwenden. Sicherlich auch, weil Sie mich 750 Euro kostete.

Wenn ich jetzt zum Beispiel mit meinem Auto in einer Parkgarage einen freien Parkplatz finde, rufe ich sofort die Garagenbetreiberfirma an, um mich zu bedanken. Ein Trafikant, der mir mitteilt, dass er im Besitz von Zigaretten ist, wird liebevoll umarmt, und einen Dieb, der meine Brieftasche, nicht aber meine Uhr stiehlt, betrachte ich als eine glückliche Fügung. Ein nicht selbstverständlicher Verbrecherrabatt. Auch dieses Jahr zu Weihnachten erwartete ich von keinem Familienmitglied ein Geschenk, und mich hätte die Freude fast zerrissen, als ich dann eine „Best of Walgesang"-CD aus dem Geschenkpapier wickelte. Ich sage Ihnen, wenn Sie so denken, werden Sie tagtäglich von den Endorphinen erdrückt.

Übrigens, meinen Nachbarn konnte ich jetzt auch von dieser Einstellung überzeugen, und schon führt er nächste Woche eine Frau ins Kino aus. Sicherlich, es ist seine Mutter, aber er meinte: „Ich bin so aufgeregt. Sie hat sofort zugesagt. Damit habe ich einfach nicht gerechnet." Na bitte.

DER GRÜSSAUGUST

Man behandelt Menschen unterschiedlich. Zum Beispiel begrüßt man einen vor der Wohnungstür stehenden Lottogewinnüberbringer mit einer anderen Herzlichkeit als einen Exekutor. Und das, obwohl einem beide gleich fremd sind. Sicherlich, wenn man Zweiterem einen

Kaffee anbietet, ist es möglich, dass man die Tasse nie wieder erhält. Doch auch staatlich geprüfte Eintreiber haben ihre Vorteile. Sie tragen sperrige, hässliche Möbel aus dem fünften Stock einer liftlosen Altbauwohnung, und das, obwohl ihnen bei jedem Schritt bewusst ist, dass der Wert der Schulterlast nicht einmal ihre Fahrtkosten decken wird. Trotzdem wird diese Berufsgruppe nur selten von einem warmen Lächeln empfangen.

Mir ist hingegen aufgefallen, dass sich wildfremde Personen ab einer gewissen Seehöhe sehr herzlich begegnen. Menschen oberhalb der Baumgrenze bleiben meistens stehen, zeigen einander Wolken und warnen vor dem Besitzer der Enzianhütte bzw. vor dessen Vorliebe für die neue DJ-Ötzi-CD. Natürlich ist ein Wanderer auch froh, dass er ab 2.000 Meter nur mehr seinesgleichen antrifft. Man grüßt eben am liebsten sein eigenes Spiegelbild.

Busfahrer grüßen Busfahrer, Motorradfahrer grüßen Motorradfahrer und Nordic Walker grüßen Nordic Walker. Natürlich gibt es eine Grußhierarchie. Man grüßt nie hinunter. Ein Rennradfahrer würde mir, einem Citybikebesitzer, niemals zuwinken. Ich wiederum nehme einen Klappradbesitzer erst gar nicht zur Kenntnis. Auch Hinaufgrüßen, also auf einem Citybike sitzend einem Ferrarifahrer zu winken, ist nur selten von Erfolg gekrönt. Außer er hat mich übersehen, aber auch dann grüßt er mich erst im Spital oder vor Gericht. Dieses mobile Kastenwesen ist leider nur schwer zu durchbrechen.

Hunde sind da viel menschlicher. Die begrüßen, unabhängig von Größe und Rasse, ihre neue Bekanntschaft mit der Nase an sämtlichen anständigen und unanständigen Stellen. Tiere kennen eben keinen Small Talk. Ich fände es schön, wenn wir uns unter Menschen bei der Begrüßung auch mehr beschnuppern würden. Immerhin heißt es doch: „Man muss den anderen riechen können". Zu Testzwecken könnten wir einmal den 7. Juli als Schnuppertag ausrufen. Bei Gefallen kann man dann sicher auch über einen Schnuppermonat oder sogar über ein Jahr des Schnupperns diskutieren.

Bei beruflichem Schriftverkehr fiel mir auf, dass je freundlicher die Begrüßung, die Nachricht umso schlechter war. In meinem letzten Job bekam ich von meiner Chefin eine E-Mail mit der Anrede „Lieber Lieber!", und am Ende stand: „Ich wünsche dir für deinen weiteren beruflichen Werdegang alles Gute!"

Trotzdem, Grüßen ist schön, weil es den Tag erhellt. Vielleicht sollten wir auch viel mehr Grußgruppen bilden. Warum fangen wir nicht einmal auch unter Freischwimmern, Rechtshändern oder Zeckengeimpften an, uns zu grüßen? Einfach kurz die Hand heben als Symbol, dass uns etwas zusammenschweißt. Und wenn nächstes Mal ein Exekutor vor der Wohnungstür steht, könnte man daran denken, dass auch er zu 65 % aus Wasser besteht. Damit hat er sich doch einen herzlichen Händedruck verdient.

HÄNGT SIE HÖHER!

Seit einiger Zeit fahre ich einmal in der Woche in ein Wirtshaus im dritten Bezirk und diskutiere. Meine Gesprächspartner hören auf die Namen Pepi und Edi und sind hauptberuflich Alltagsphilosophen. Unsere Themen sind breit gestreut. Wir diskutieren, warum es Männer gibt, die sich mit 72 noch immer zu jung für ein Kind fühlen, ob sich ein chinesischer Faltenhund gerne liften lassen würde und über den Einfluss des Mars auf die österreichische Rezeptgebühr. Da ist wirklich für jeden was dabei.

Wie die meisten Diskussionen unterliegen auch unsere einer ritualisierten Vorgehensweise. Am Anfang des Abends öffnet jeder Teilnehmer seinen Mund und schickt seine Meinung Gassi. Die Meinungen prallen dann meist über dem in der Mitte befindlichen Aschenbecher aufeinander. Dort vermengen und bearbeiten sie sich. Gegen Mitternacht öffnet jeder Teilnehmer erneut seinen Mund, ruft seine alte Meinung zurück und geht mit ihr nach Hause. Eigentlich sinnlos, aber erleichternd.

Nur letztes Mal verlief der Abend ein wenig anders. Wir sprachen über Lebenstiefpunkte, und da wir alle drei katholisch erzogen worden sind, klärten wir als Erstes die Schuldfrage. Fürsorglich unterstützten wir uns bei der Suche und fanden schließlich auch Sündenböcke. Wir beschlossen, dass der Aszendent für Edis überhöhte

Cholesterinwerte verantwortlich ist, eigentlich Pepis Gene das Auto gegen den Baum gefahren haben und ich meine Entlassung bei der Schneeräumung dem Ozonloch zuzuschreiben habe.

„Doch Burschen, die wahre große Schuld ist viel früher passiert – vor a paar Tausend Jahr", unterbrach mich plötzlich der Pepi. „Hätt´ die Eva damals im Garten Eden ned in den Apfel reinbissen, wär´n wir drei immer no im Paradies!" Das war im Wirtshaus ein Moment der ganz großen Erkenntnis. Der Edi ergänzte gleich, dass der Adam „ned so deppad woa", aber dieses Argument steht bei ihm sicherlich im engeren Zusammenhang mit seiner bevorstehenden Scheidung.

Da saßen wir nun gedanklich zusammengeschweißt an der Bar und waren auf eine Frucht sauer. Im Verlauf des Abends überschlugen sich die Argumente. Der Pepi bemerkte, dass es der Apfel in unserem Alltag weit gebracht habe: „Burschen, der steckt überall drin. Im Saft, im Korn, im Schlafrock, sogar in mein´ Hals." „Na kloar, der Siegeszug von an Verräter", stimmte ihm der Edi zu. „Mei Tochter hat si sogar an Computer mit an Apfel drauf kauft. Und der derf a no bei ihr im Bett schlofen. I sog euch – da Jugend fehlt der Weitblick. Kommt´s, bestell´ ma uns drei Zwetschgen!"

Von dem Gedanken genährt, dass ein Apfel für unser Schicksal verantwortlich ist, verließen wir ein paar Stunden später das Wirtshaus und gingen nach Hause. Eigentlich sinnlos, aber erleichternd.

I HAVE A DREAM

Ist der Österreicher ein Morgenmensch? Das frage ich mich jedes Mal, wenn ich in der Früh im Autobus sitze. Hunderte Gesichter blicken zerknittert ins Autobusfenster und fragen sich: Wann hat mein Biorhythmus endlich einen Höhepunkt? Neulich fasste ich meinen ganzen Mut zusammen, stand auf und schrie: „Wer von uns freut sich auf den Tag?" Ein altersschwacher Hund begann zu hecheln. Die gleich daneben stehende Frau, die meiner Meinung nach aufzeigte, beteuerte mehrmals, dass sie sich nur strecken wollte.

Wahrscheinlich liegt das an den vielen Energievampiren, die tagtäglich um uns kreisen. Vor Kurzem saß ich in der Wiener U-Bahn neben einem solchen Kraftsauger und musste seinen Telefonaten lauschen: „Nein, Gerda. Ich habe dich nicht belogen. Würde ich nie machen. Wo ich gerade bin? Also, derzeit sitze ich im Zug nach Salzburg." Ich finde, dass Passivzuhören die Gesundheit mehr gefährdet als Aktivrauchen. Warum können beim Kauf eines Fahrscheins im Entnahmefach des Automaten nicht immer auch zwei Ohropax liegen?

Solange mein Wunsch kein Gehör findet, flüchte ich mich in die Kopfhörer meines MP3-Players. Ich höre die ganze Fahrt lang das Motorengeräusch eines vietnamesischen Fischkutters. Dann streife ich mit der Hand am Boden und denke mir, der Zigarettenstummel ist eine

Muschel, und der auf mich zukommende Fahrscheinkontrolleur will nur meinen Tauchpass sehen. Endlich sind wir angekommen. Die Stationsstiege ist eigentlich die Bootstreppe ins Meer. Menschen drängen sich um mich – doch nein, ich befinde mich nur in einem Schwarm von Heringen und der Betrunkene vor mir ist ein Clownfisch. „Willkommen im Unterwasserparadies Siebenhirten. Bei uns können Sie noch aussteigen und untertauchen!" Lassen wir uns doch den Tag von der Realität nicht verderben.

IM LAUSCHRAUSCH

Seit fünf Jahren verstecke ich mich bereits hinter einem Beichtstuhl und nehme diverse Geständnisse auf. Meine brisante Datenkassette habe ich jetzt dem Staat angeboten. Meine Bedingungen lauten: 10.000 Euro, nur in kleinen Scheinen, keine Polizei. Ein hoher Beamter im Finanzministerium bekundete bereits Interesse. Die meisten aufgenommenen Verbrechen schwanken vom Härtegrad her zwischen „Klingelton illegal runtergeladen" bis zu „Meinem Beagle keine Hundemarke umgehängt". Bei Kindern schalte ich mein Tonband mittlerweile aus.

Meistens lautet nämlich die letzte Sünde, dass sie alle bisher gestandenen erfunden haben. Kinder stehen regelmäßig mit einem Fragezeichen vor dem Beichtstuhl. Ich konnte einmal einen Buben belauschen, der seinen Freund fragte, ob er ihm „einen Diebstahl schnorrt". Er meinte tatsächlich: „Ohne Sünde bringt der Pfarrer mich um." Doch keine Sorge, Kinder. Kommt Zeit, kommt Verfehlung. Letzte Woche dauerte ein Gespräch mit einem Vermögensberater so lange, dass sich der Pfarrer zweimal den Pizzaboten kommen ließ. Es ist sicher auch kein Zufall, dass mit Beginn der Wirtschaftskrise die „Lange Nacht der Kirchen" eingeführt wurde. Vielleicht sollte man nur den Beichtenden endlich mitteilen, dass die rote Lampe über dem Beichtstuhl nicht „besetzt", sondern „Aufnahme läuft" bedeutet. Eigentlich wäre der Job als Beichtlauscher ein Bombengeschäft. Nur letztes Mal wurde ich dabei von einem Mann mit einer Videokamera aufgenommen. Für sein Schweigen stellt er folgende Bedingung: 10.000 Euro, nur in kleinen Scheinen, keine Polizei.

NIMM MICH WAHR!

Neulich beobachtete ich einen Mann, wie er das Gebäude des Arbeitsamts betrat. Nicht weiter aufregend, jedoch trug er ein T-Shirt mit der Aufschrift „Ich bin ein Koma-Schläfer". Sofort keimte in mir der Gedanke, dass dies vielleicht kein optimales Kleidungsstück bei der Jobsuche ist. Als ich den Mann auf meine Bedenken ansprach, erklärte er mir, dass er in der Forschungsabteilung eines Matratzenstudios arbeiten möchte. Damit erschien mir die Wahl seiner Kleidung wiederum logisch.

T-Shirts mit coolen Sprüchen sind nach wie vor in Mode. Im vergangenen Sommer habe ich sicher mehr T-Shirts als Bücher gelesen. Einige aufgedruckte Weisheiten habe ich mir gemerkt. Zum Beispiel: „Ich trage so lange Schwarz, bis ich etwas Dünkleres finde", oder etwas optimistischer: „Fitness forever – Ich turne bis zur Urne". Leider sind manchmal die Schriftzüge zu klein. Einmal musste ich mit meiner Nasenspitze bis knapp vor die Oberweite einer jungen Dame. Auf dem Shirt stand: „Wenn du das lesen kannst, fühle ich mich sexuell belästigt". Trotz der Ohrfeige glaube ich, dass sie sich gefreut hat. Spruch-T-Shirt-Träger sehnen sich auch nur nach Aufmerksamkeit.

Um die Scheinwerfer des Alltags auf sich zu richten, ist sicherlich ein auffälliges Äußeres hilfreich. Man kann durch gefärbtes Nasenhaar, tätowiertes Zahnfleisch und einen gepiercten Augapfel den einen oder anderen neugierigen Blick auf sich ziehen. Unvorstellbare Leistungen sind wiederum in der heutigen Zeit kein Garant für Aufmerksamkeit. Weltweit entdecken tagtäglich Tausende Forscher unbekannte Pflanzenarten, neue Galaxien und Stammzellen im Fruchtwasser. Beiträge über diese Arbeiten befinden sich in etlichen Zeitungen unterhalb des Impressums.

Ich glaube, selbst Jesus hätte es heutzutage beim Ringen um Aufmerksamkeit schwerer. Wahrscheinlich könnte er den ganzen Tag Wasser in Alkopops verwandeln, Pizzaschnitten vermehren und über den Wörthersee laufen, und trotzdem würden etliche Menschen sagen: „Jesus, nicht böse sein, aber das kennen wir schon!" Auch für Erlöser wurden die Zeiten härter. Mittlerweile müsste Jesus die Dancing Stars gewinnen, ein Kamerateam durch seinen Geburtsstall führen und die Fernsehshow „Österreich sucht den Superapostel" moderieren. Außerdem müsste er den ganzen Tag T-Shirts tragen, auf denen Sprüche stehen wie: „Ich vercheck dir das Paradies!" oder „I am your Himmelfahrtskommando". Wahrscheinlich entscheidet sich Jesus auch aufgrund dieser Mühen ganz bewusst gegen ein Comeback.

KANONENFUTTER

Letzte Woche stand ich zitternd vor dem Kühlschrank und dachte mir: „Verdammt, ich habe Hunger." Mein gekühlter Nahrungsbunker bot mir diesmal an: Schummelschinken, Gammelfleisch und Analogkäse. Im Zweifelsfall greife ich ins Gefrierfach und lutsche so lange an einem Eiswürfel, bis ich mich satt fühle. Im Supermarkt presse ich als sorgsamer Konsument mein Auge an jede Verpackung, um Namen und Mengen der Inhaltsstoffe zu entziffern. Ich habe dem Filialleiter bereits vorgeschlagen, neben dem Kühlregal zumindest vier Arbeitsplätze mit Mikroskopen zu installieren. Die größten Gefahren lauern eben hinter den kleinsten Buchstaben. Trotzdem weiß ich nach einer erfolgreichen Entzifferung nie, ob mein Körper nach Natriumerythorbat oder Diglyceriden lechzt oder nicht. Mir ging bereits der Gedanke durch den Kopf, auf der zweiten Ebene jedes Einkaufswagens einen Biochemiker zu platzieren. Überlegenswert wäre auch, eine dritte Ebene einzuführen, auf der ein Vorkoster sitzt. Reiche Vorkoster könnten sich wiederum einen neben ihnen befindlichen Vorvorkoster leisten. Das alte Ägypten feiert sein Comeback. Ich finde es bedauerlich, dass wir etliche Produkte für uns lügen lassen. Marillenknödel vermissen oft die Marillen, Orangensäfte die Orangen und die Erdbeerschokolade kennt die in ihr steckende Frucht auch nur von der Verpackung. Ich bin mir übrigens sicher, dass die Biotomate oft nur deshalb so rot ist, weil sie sich schämt. Letztes Mal fuhr ich mit meinem Einkaufswagen ohne zu bezahlen an der Supermarktkassa vorbei. Als die Kassadame mich dabei rüde aufhielt, sagte ich nur: „Entschuldigung, aber ich dachte, auch Sie wären nicht echt."

KÖRPERERZIEHUNG

Ein sumpfbraunes Getränk stand etliche Tage auf meinem Esstisch. Meine chinesische Alternativmedizinerin meinte, dass ich es täglich trinken solle. Es würde meinen Magen beruhigen. Einmal nippte ich daran. Kurz darauf schaltete mein Magen auf Schubumkehr. Ein bereits verdauter Tofuknödel beschleunigte sich zurück auf die Höhe des Adamsapfels. In der Beschreibung las ich dann, dass die Nebenwirkung von magenberuhigenden Getränken oft unmittelbare Übelkeit ist. Darunter stand noch ein Hinweis, welchen ich bereits von meinem Aktienberater mehrmals gehört hatte: Ich muss langfristig denken. Vielleicht stimmt das. Auch wenn ich kurzfristig an dieser gerührten Kloake krepiere, in einigen Jahren baut man mir ein Denkmal, auf dem steht: „Er hat seinen

Magen der Forschung zur Verfügung gestellt!" Und im Lexikon findet man dann unter dem Stichwort „Naturheilkundemärtyrer" ein Foto von mir. Früher wurden die Helden von Drachen gefressen oder von Meereswellen verschlungen, die heutigen Helden werden vom Kräutersaft niedergestreckt. Mein Magen sieht das anders. Er hat einen unbändigen Überlebenswillen und schaltete bereits beim Anblick des Glases sofort auf Würgemodus. Letzte Woche musste ich die Nachbarin bitten, für mich das Esszimmer zu betreten, um das Getränk wegzuschütten. Ich wollte einfach keine weitere Nacht über die Hausfassade in das daneben befindliche Schlafzimmer klettern. Seit dieser Erfahrung kann ich Topfengolatschen, Schweinsbraten und Calamari fritti verschlingen, und meinem Bauch entkommt kein Murren. Ich glaube, ich habe endlich die chinesische Medizin verstanden. Man muss den Körper nur mit Akupunkturnadeln, knochenknirschenden Massagen oder Kräutersäften bedrohen, und schon bettelt er darum, sich selbst heilen zu dürfen.

BETTELNDE BUCHSTABEN

Haben Sie auf dem Klo schon einmal über Fortbildung nachgedacht? Auf einem Wiener Männerpissoir hängt genau oberhalb der Muschel eine Werbetafel mit der Aufschrift: „Wollten Sie nicht wieder einmal Ihr Business English auffrischen?" Vielleicht werden jetzt einige Marketingfuzzis überrascht sein, aber ich bin während des Urinierens nur selten für ein solches Thema aufgeschlossen. Letzten Sommer lag ich auf einer saftig grünen Wiese, blickte in den Himmel und forderte meine Fantasie auf, sich mit den Wolken zu paaren. Diese Idylle wurde leider von einem vorbeiratternden Motorflugzeug unterbrochen. Dessen Aufgabe war es, eine Werbefahne hinter sich herzuschleppen, auf der eine Möbelhauseröffnung angekündigt wurde. Ich bin eigentlich ein Pazifist, aber in solchen Momenten träume ich von einer Boden-Luft-Rakete. Der Himmel muss werbefrei bleiben. Außerdem möchte ich mir die Buchstaben, die ich lese, aussuchen. Ein Freund empfahl mir für meinen Urlaub das Buch „Balkongestaltung – der Spiegel deiner Seele" und den ungarischen Krimi „Leiche ohne Alibi". Des Weiteren borgte er mir einige Frauenzeitschriften. Nämlich Brigitte, Jasmin, Tamara und Jennifer. Nicht zu vergessen Bernadette, Agathe und Myrta. Ich lese sie alle gerne. Sie begeistern mich durch ihre raffinierte dramaturgische Entwicklung. In der einen Ausgabe werden die Themen

„Vanillekipferln im Frühling – das letzte Tabu?" und „Genussvoll zur Seite springen" ausgearbeitet, und in der darauffolgenden Woche beschäftigt man sich mit „Sag Nein zum Zucker!" und „Wie rette ich meine Ehe?" So hält man den Leser bei der Stange. In meinem Stammlokal gibt es jetzt gar nichts mehr zu lesen. Nicht einmal die Speisekarte. In dieser sind jetzt nur noch Fotos abgebildet. Die Gäste waren es leid, bei der Aussprache der Namen der ausländischen Gerichte ständig ausgelacht zu werden. Jetzt genügen ein Deut mit dem Finger auf das Bild und ein Nicken, um dem Kellner die Bestellung verständlich zu machen. Ich finde, so kann man Bildungslücken zwar nicht schließen, aber sehr schön kaschieren.

PFLANZ WEN ANDEREN!

Es gibt Tage, da fühlt man sich von der Welt gemobbt. Meistens fängt mein Hund damit an. Ich streife mit ihm oft eine Stunde lang bei Nieselregen durch die Gegend. Ihm fällt jedoch erst nach dem Schließen der Wohnungstür ein, dass er sein Bein heben wollte. Ich bin mir sicher, er nützt unsere gemeinsamen Ausflüge nur dazu, um bei den Pfützen seine Blase vollzutanken. Dann noch der

Busfahrer. Der mit seinem rollenden Monster um die Ecke wartet. Und zwar so lange, bis er bemerkt, dass ich mir eine Zigarette anzünde. Im selben Moment biegt er mit einem breiten Grinsen in die Station ein. Nicht zu vergessen meine Arbeitskollegen, die auf meinem Bürosessel regelmäßig einen kleinen Kaktus platzieren oder beim Radiowunschkonzert anrufen und „Wir wünschen uns für den lieben Kollegen Eckel das Lied ‚Time to Say Goodbye'" in den Hörer reinkichern. Ich würde das alles vergessen und verzeihen, wenn da nicht zu Mittag dieser Running-Sushi-Koch wäre. Immer wenn er bemerkt, dass ich mir ein Maki schnappen will, beschleunigt er das Laufband. Hungrig und vom Alltag geschafft schleppe ich mich nach Hause. Die auf der Straße sitzenden Bettler drehen bei meinem Anblick ihre Hüte um, und meine Nachbarn, bekennende Zeugen Jehovas, öffnen ihre Wohnungstür nicht, obwohl ich mit ihnen unbedingt über Gott sprechen will. Manchmal hoffe ich, dass solche Tage genau so enden wie der Film „The Game". Alle beschriebenen Tagverderber stehen bei mir im Wohnzimmer und sagen: „Klaus, es war nur ein Spiel." Da dies noch nie der Fall war, sitze ich jetzt bei der Mobbingopferberatungsstelle. Der Coach wirkt verständnisvoll. Er meinte nur, dass er für einen Augenblick aus dem Zimmer müsse. Obwohl, das war vor ungefähr drei Stunden.

WIE WAR ICH?

Gelegentlich klebe ich mir einen falschen Bart ins Gesicht und setze mich in die Straßenbahn. Verkleidet beobachte ich dann, wie Leser des „VORmagazins" auf meine Kolumne reagieren. Ich gebe es offen zu, jedes Mal, wenn ein Fahrgast für die Dauer von zwei Wimpernschlägen bei meiner Kolumne verweilt und dann doch weiterblättert, versetzt es mir einen kleinen Stich. Einmal stemmte ich mich tapfer gegen die Niederlage und brabbelte mit verstellter Stimme: „Also dieser Eckel, echt lesenswert." Darauf erwiderte mir eine ältere Dame: „Also Niveau hatte der nie, aber früher war er besser." Seitdem schweige ich. Ich versuche zu akzeptieren, dass Menschen, die auf mein Foto spucken oder nach dem Aussteigen meine Seite mit einem Feuerzeug anzünden, ein durchaus gefestigtes Urteil über die Qualität meiner Miniaturen haben. Trotzdem geben mir diese Personen mit ihrer Reaktion etwas ganz Wertvolles – ein Feedback. Das erhalten Tiere häufiger als Menschen. Neulich beobachtete ich, wie ein anatolischer Hirtenhund vor einem FPÖ-Wahlplakatständer sein Bein hob und diesen markierte. Sofort hörte er von seinem Herrchen: „Bist du aber ein Braver!" Anatolische Hirtenhunde sind aufgrund ihrer Herkunft äußerst politische Tiere. Ich denke, jedes Lebewesen hofft, dass sein Schaffen bei den anderen nicht in der Luft verpufft. Deswegen rufe ich auch regelmäßig meinen Pfarrer an, wenn ich empfinde, dass er diesmal die Glocken besonders gefühlvoll zum Läuten bringt, und schreibe Fahrscheinkontrolleuren anonyme E-Mails, in denen steht: „Bemüht euch weiter, dann werdet ihr mich kriegen." Und falls Sie einmal auf einer Parkbank verweilen, in eine Wurstsemmel reinbeißen und ein neben Ihnen sitzender Mann beobachtet Sie dabei, dann sollten Sie unbedingt an seinem Bart zupfen. Vielleicht ist es Ihr Fleischer.

HURRA, ICH BIN EIN MISTKERL

Gestern erhielt ich 1.673 E-Mails. Unglaublich, wie beliebt ich bin. Meistens verbringe ich meine Vormittage damit, sämtliche Anfragen zu beantworten. Ich schreibe allen zurück. Egal ob mir jemand eine echt goldene Designeruhr um zwei Euro anbietet, ich gebeten werde, einen Umsturzversuch auf einer karibischen Insel finanziell zu unterstützen oder mir vorgeschlagen wird, meinen Penis mittels Expander bis zum Knöchel zu verlängern. Ich interessiere mich einfach für den Menschen hinter dem machdich@glücklich.com. Obwohl, seitdem ich stündlich zurückschreibe, bekomme ich nur noch halb so viele E-Mails. Ein gewisser Asdan Badua aus Nigeria, der mir ein Foto von seiner Geburtsklinik einfach nicht schicken will, schrieb mir sogar, dass er mir die Designeruhr jetzt gratis schickt. Ich musste ihm jedoch vorher versprechen, ihn nicht mehr mit meinen E-Mails zu belästigen. Gut, auch im Netz hat man nicht nur Freunde. Ich bin mit meiner Vorgehensweise zufrieden. Eine Anfrage, die von den meisten Menschen in den virtuellen Papierkorb verschoben wird, hat mir ein tickendes Armband eingebracht. Übrigens, angeblich stärkt man die menschlichen Abwehrkräfte, wenn man Müll offensiv in sein Leben integriert. Deswegen bezeichne ich auch meine Wohnung nicht als Saustall, sondern als Immunsystementwicklungsgebiet. Abfall hat einfach auch seine guten Seiten. Meine Nachbarin sieht das ähnlich. Sie fand vor zwei Jahren in der Restmülltonne den Freischwimmerausweis eines Mannes. Jetzt haben sie miteinander zwei Kinder. Meine Nachbarin meint, ihr Mann wäre ein echter Mistkerl, und grinst dabei so breit, dass ihre Mundwinkel fast hinter ihren Ohren verschwinden. Manchmal warten unter Kaffeesud, gebrauchter Katzenstreu und alten Joghurtbechern Lebensträume darauf, endlich abgeholt zu werden. Und deswegen sollten Sie nicht vergessen, gelegentlich den Müll auch raufzutragen.

TIME OUT

Neulich blieb meine Uhr stehen. Leider nicht die Zeit. Die Zeit läuft und läuft und bleibt dabei sehr fordernd. Entweder muss ich sie investieren, manchmal soll ich sie sparen, auf gar keinen Fall darf ich sie verschwenden. Das ist alles sehr anstrengend. Deswegen setze ich mich für die Abschaffung jeglicher Zeitmessung ein. Es wäre doch zum Beispiel sehr angenehm, wenn wir über unser Alter nicht Bescheid wüssten. Jugendliche würden dann vielleicht unabsichtlich Trotzphase und Pubertät gleichzeitig durchleben, alternden Männern könnte es passieren, dass sie auf ihre Midlifecrisis vergessen und Damen, welche die Erfindung der Glühbirne miterleben durften, könnten sich vornehmen: „Ich fang nochmals von vorne an!" Außerdem bestünde ohne Zeitmessungen viel weniger Druck. Es gäbe keine Vergleiche mehr, welches Kind was in welchem Alter erbaut, erlesen oder übersprungen hat, und auch in der Volksschule verweilt jeder nach Bedürfnis. Nur der Rasierer in der Schultüte wäre vielleicht ein Anzeichen, dass man doch schon zum länger dienenden Eisen gehört. Hören wir doch auf, uns dem Diktat von zwei Zeigern zu unterwerfen und führen wir endlich die biologische Zeitmessung ein. Mittagspause ist, wenn dreimal der Magen knurrt, im Lokal verweilt man noch vier Bier lang, und seinen Freunden erzählt man, dass die letzte Liebesbeziehung nach

293 Höhepunkten endete. Die exakte Zeitmessung ist sowieso nur etwas für Vorgesetze. Auf der Bürotür meines ehemaligen Chefs standen die Worte: „Wer zu spät kommt, den bestraft das Leben.“ Irgendwann wurde mir klar, dass der Satz fast stimmt. Man muss nur „zu spät“ durchstreichen.

TRAINIERTE FREUDE

In einigen Geschäften wird man je nach Tageszeit unterschiedlich begrüßt. Am Vormittag mit „Guten Tag“ und am Nachmittag mit „Wir schließen glei...“. Auf Einkaufsstraßen wurde vor Jahren dem Wort „gleich“ das „ch“ einfach wegkastriert. Wahrscheinlich will man den Kunden eindeutig vermitteln, wie bald man schließen will. Falls dann doch das „ch“ ertönt, habe ich immer das Gefühl, es soll mich im Rücken treffen und aus dem Geschäft schießen. Jedoch ist mir diese authentische Sympathiebekundung noch immer lieber als das „Herzlich willkommen“ dieser einen Kaffeebohnenkette. Sie wissen schon, dieses Geschäft, wo man von Steppdecken bis zu Starterkabeln alles kaufen kann, und wenn man zu Hause die Ware auspackt, riecht sie immer nach Espresso. Dort wurde Hunderten Verkäufern dieser Einheitsgruß antrainiert. Wahrscheinlich auf einem Seminar mit dem Titel „Bleib, wie wir sind". Da jedem Kunden diese inszenierte Freundlichkeit entgegenschallt, fühlt man sich nach einiger Zeit wie am Muttertag. Tausende Mamas, aber immer das gleiche Gedicht. Freundlichkeit wird immer unpersönlicher. Ich finde es schade, dass in manchen Restaurants den Gruß aus der Küche ein Krabbencocktail übernehmen muss. Köche dürften sehr schüchtern sein. In Hotels müssen Bonbons auf gefalteten Kopfkissen für Aufmunterung sorgen. Einmal biss ich mir an einem solchen eine Plombe aus. Als mir am nächsten Tag die Dame an der Rezeption die Hotelrechnung entgegenhielt, sagte ich: „O je, meine Brieftasche liegt im Auto. Ich komme glei..." Ich hoffe, mein „ch" hat getroffen.

TRARI, TRARA

Ich bin für ein paar Tage zur Entspannung nach Albern ins Waldviertel gefahren. Leider kann ich in der Nacht nie einschlafen. Die Hunde in der Nachbarschaft heulen unentwegt. Sie vermissen den Briefträger. Sie wollen einfach nicht akzeptieren, dass ihr zu bewachendes Haus plötzlich außerhalb des Zustellgebietes liegt. Mit dieser Neuregelung wurde ihnen einfach das Gabelfrühstück genommen. Und so manchem Kind der leibliche Vater. Das ist nicht nur ein billiges Klischee, sondern statistisch erwiesen. Der gelbe Konzern schweigt sich zwar aus, weiß aber Bescheid. Deswegen hängt auch mancherorts ein Werbeplakat, auf dem eine junge Frau mit einem Kind auf dem Arm abgebildet ist. Darüber prangt der Slogan: „Die Post bringt allen was". Ein echter Beweis, weil mit der Aussage die Zustellung wohl nicht mehr gemeint sein kann. Dass unser Staat diesen wertvollen Beitrag zur Pensionssicherung nicht mehr zu schätzen weiß, wird uns sicher irgendwann auf den Kopf fallen. Für einen Postmann gibt es derzeit zwei Möglichkeiten. Entweder man begibt sich einige Jahre auf Kur – ins eigens dafür geschaffene Karrierecenter – oder man lässt sich weiterbilden. Zum Computervirenprogrammierer. Tausende von ehemaligen Briefträgern sitzen derzeit in einem geheimen Großraumbüro und verschicken Tag und Nacht Trojaner & Brüder, mit dem Ziel, diesen ganzen virtuellen Laden zum Erliegen zu bringen. Ein technischer Kollaps wird die Menschheit dazu nötigen auf Mails wieder Marken zu picken. Die ehemaligen Landbriefträger werden dann ein Comeback feiern und unter tosendem Applaus in Ihre verloren gegangenen Zustellgebiete einziehen. Etliche Frauen werden lächeln, etliche Hunde werden wedeln, und ich kann im Waldviertel endlich wieder durchschlafen.

VERDÄCHTIGES VERTRAUEN

Die Dame an der Baumarktkassa traut mir nicht über den Weg. Meine Geldscheine werden häufig von einer „Blütenchecklampe" überprüft. Im Gegenzug beiße ich jetzt auf jede Münze, die sie mir herausgibt. Obwohl bis jetzt alle gegenseitigen Tests negativ ausfielen, bleibt eine gewisse Skepsis bestehen. Wir verabschieden uns stets mit diesem typischen „Ich erwisch dich noch"-Blick. Der Baumarkt betrachtet mich als Geldfälscher, der Flughafen als Terroristen. Ein Nacktscanner soll jetzt meine wahre Gesinnung ans Licht bringen. Um die Kosten für diese teuren Geräte einzuspielen, hätte ich bereits einige Vermarktungsideen. Etwa einen jährlichen Jungfliegerkalender oder einen eigenen, zu bezahlenden Public-Viewing-Bereich. Vor Kurzem las ich, dass es bereits Bomben zum Schlucken gibt. In wenigen Jahren wird mich der Mann beim Security-Check auf einen OP-Tisch legen und mir ins Ohr flüstern: „Nur eine kleine Routinegastroskopie, Herr Eckel!" Danach wird ein Flughafeninternist so lange in meinem Magen umherstöbern, bis er davon überzeugt ist, dass der verdächtige Teil in mir kein Sprengstoff, sondern ein Spinatstrudel ist. Mittlerweile misstraue auch ich allem. Der Radachse meines Autos, der Hygiene in der Fleischerei, dem Wasser aus der Leitung, dem Wedeln meines Hundes. Ich habe mir schon überlegt, dass es am sichersten wäre, nur noch im Bett zu bleiben. Aber leider traue ich der Decke über mir nicht.

SCHWEIGEN IST SILBER

Auf Partys bin ich ein ganz mieser Small-Talker. Ich starre entweder auf meine Schuhe oder auf die Deckenlampe. Mir will einfach nie ein Gesprächsinhalt in den Sinn kommen. Manchmal lasse ich absichtlich mein Weinglas auf den Boden fallen. Dann kann ich mich wenigstens mit meinem Gegenüber über das Thema Ungeschicklichkeit unterhalten. Leider rettet das auch keinen Abend. Nach dem dritten am Teppich liegenden Glas führe ich meistens nur noch ein Gespräch. Das mit dem Gastgeber. Von einem Small-Talk-Coach erfuhr ich jetzt, dass ich vor dem nächsten bevorstehenden Gespräch mein Gehirn mit spannenden Informationen aus verschiedenen Themengebieten füttern soll. Ich lernte deswegen jetzt folgendes Small-Talk-Know-how auswendig: „Ein Hai verschleißt im Leben bis zu 20.000 Zähne. Seesterne haben kein Gehirn. Jeder sechste Internist wurde schon einmal von Patienten verprügelt. Ein Mensch geht durchschnittlich 6.000 Schritte zu Fuß am Tag, im Leben viermal um die Erde. Der erste Schlepplift stand 1937 in Davos. Ein Koalabär schläft 20 Stunden am Tag. In Alaska gibt es fast so viele Flugzeuge wie Autos. Ameisenbären fressen viel mehr Termiten als Ameisen. Die Küchenschaben gab es schon vor den Dinosauriern. Viagra hilft, Schnittblumen frisch zu halten. Fluoreszenz ist eine sekundäre Leuchterscheinung, die nicht merklich nachleuchtet.

Männliche Präriewildmäuse beschlafen ihre Weibchen bis zu 40 Stunden ohne Unterbrechung, männliche Schimpansen ihre hingegen cirka acht Sekunden lang. Jedoch auch ohne Unterbrechung. Die erste E-Mail wurde 1971 verschickt. Keiner weiß, an wen. Stalin rauchte in der Öffentlichkeit Pfeife, privat aber Zigarre. Ein durchschnittlicher Anrufer legt nach neunmaligem Klingeln auf. Die Konservendose wurde 1804 erfunden, der Dosenöffner erst 50 Jahre später. Krokodile fressen Steine, um tiefer zu tauchen. Eine ausgewachsene Eiche verliert im Herbst rund 700.000 Blätter. Im Empire State Building gibt es 64 Fahrstühle. Wallenstein hieß eigentlich Albrecht Wenzel Eusebius von Waldstein. Die Freiheitsstatue hat eine Schuhgröße von 3.500. Michael Schumacher verspritzte auf dem Podest 273 Liter Champagner. Die Zuckerwatte wurde von einem Zahnarzt erfunden. Der Delfin, der Flipper spielte, hieß eigentlich Susi. Die im Krieg um Karthago eingesetzten Elefanten wurden mit Wein betrunken gemacht, damit sie aggressiver gegen den Feind vorgingen." Dieses Wissen hat mir bereits geholfen. Zumindest konnte ich damit das peinliche Schweigen beim letzten Selbstgespräch gut überbrücken.

VON DER VIERTELWAHRHEIT

Letztes Mal hat mir in einem Kaffeehaus ein Lügenforscher erklärt, dass ich am Tag über 200 Mal die Unwahrheit sage. So eine Frechheit, dachte ich mir – das schaffe ich am Vormittag. Natürlich muss man schon in der Früh nach dem ersten Augenaufschlag damit anfangen. Man dreht sich einfach zum Partner und sagt: „Guten Morgen. Ich habe heute Nacht von dir geträumt." „Wirklich! Ich auch von dir!" „Und, war es ebenfalls ein schöner Traum?" „Selbstverständlich, wie immer!" Erfahrene Lügenforscher denken bei diesem Minidialog sofort an die Zahl 7. Das ist die Anzahl der in diesem Gespräch zu entdeckenden Unwahrheiten. Es ist für ein friedliches Zusammenleben von Vorteil, wenn möglichst viele Menschen die Wahrheit großräumig umgehen. Ich empfinde es als angenehm, wenn mir mein Anlageberater unentwegt erklärt, dass sich mein von ihm empfohlenes Aktienportfolio nicht im freien Fall befindet, sondern nur nach unten rasselt, um Schwung für den Aufstieg zu holen. Ich war auch dem Bergführer dankbar, mit dem ich einige Zeit in einer Gletscherspalte am Großvenediger verbrachte, als er mir nach drei Tagen noch immer erklärte, er hätte alles im Griff. Und der Satz meiner Freundin, dass ihre Affäre mit dem Zeitungszusteller unsere Beziehung langfristig stärken wird, lässt mich weiter hoffen, dass wir füreinander bestimmt sind.

Schaffen wir uns doch gegenseitig lebenslange Illusionen. Sind wir ausnahmsweise ehrlich – die Realität ist zu wirklich großen Glücksmomenten gar nicht imstande. Übrigens, auch Tiere haben einen lockeren Umgang mit der Wahrheit. Zum Beispiel nimmt etwa die Gespensterschrecke, eine australische Insektenart, das Aussehen eines welken Blattes an, um von den Fressfeinden, aber auch von Opfern, die sie selbst anpeilt, nicht erkannt zu werden. Manche Schmetterlingsarten tragen auf ihrem zarten Körper riesige aufgemalte Augen, die natürliche Feinde wie Waldratten zum Zittern bringen, weil diese glauben, dass sie gerade vor einem monströsen Gegner stehen. Ein schönes Beispiel ist auch der Blasenfrosch, der auf seinem Hinterteil eine Zeichnung trägt, die an den Kopf einer gefährlichen Schlange erinnert.

Und haben Sie gewusst, dass verklemmte Klapperstorchmütter ihrem Nachwuchs erzählen, dass der Mensch ihn gebracht hat?

WERBUNG LÄUFT

Bitte erschrecken Sie nicht, falls Ihnen auf dem Gehsteig eine Puderdose oder eine Zigarettenschachtel entgegenkommt. Es steckt oft ein Mensch dahinter. In diesen wirtschaftlich angespannten Zeiten gibt es nämlich für Jobsuchende zwei Möglichkeiten: Entweder man wartet zu Hause, bis die Konjunktur anspringt, oder man stellt sich einer neuen beruflichen Herausforderung. Ich habe mich für Zweiteres entschieden und arbeite bei einer Event-Agentur als „Walking Act". Ein „Walking Act"-Künstler ist jemand, der als lebensgroßes Produkt verkleidet durch die Stadt bummelt und dabei hofft, die Blicke von Schaulustigen auf sich zu ziehen. Die Auftraggeber sind sehr unterschiedlich, deswegen ist man an manchen Tagen als riesiger Energy-Drink, an anderen Tagen wiederum als Hot Dog verkleidet. Mein Arbeitskollege Willi, ein gelernter Wirtschaftsinformatiker, war letzte Woche eine Damenbinde. Das ist zwar der Schwarze Peter unter den Kostümierungen, aber er erhielt dafür eine Schmerzzulage. Ich selbst schlenderte wochenlang als violettes Monsterhandy durch Wiens Straßen. Laut Vertrag musste ich jeden Tag 15 km absolvieren. Die Verkleidung löste bei Menschen unterschiedliche Emotionen aus. Kinder lachten mich an, meine Freundin lachte mich aus und pubertierende Jugendliche rempelten mich gerne mit den Worten:

„Weg mit dem Speck!" An einem Sonntag beim Wiener Fußballderby war ich dann wirklich ziemlich aufgeregt. Ich musste als violettes Handy vor dem Rapidsektor stehen. Meine Farbe löste nicht nur Begeisterung aus. Am Montag war ich dann im Krankenstand.

Erfreulicherweise hat mich meine Künstleragentur wieder in die Fußgängerzone zurückversetzt. Dort passiert viel weniger. Letztes Mal traf ich, als Ketchupflasche verkleidet, einen ehemaligen Schulkollegen, der mich völlig verstört fragte: „Klaus, bist du das?" Als ich nickte, folgte der Satz: „Du, wenn du Schulden hast, ich kenne da einen guten Finanzberater. Der holt dich da raus!" Der Schulkollege gab mir dann dessen Visitenkarte. Nachdem ich sie mir durchgelesen hatte, antwortete ich: „Genau der Finanzberater hat mich hier reingebracht."

Mein Berufsstand erlebt wirklich viele Schmähungen, aber als Profi nimmt man das nicht persönlich. Ich finde, Walking-Act-Künstler zu sein ist eine schöne Aufgabe, weil man ständig an der frischen Luft ist, Bewegung macht und wirklich wenig wissen muss. Den Walking-Act-Fachjargon beherrscht man schnell. Die Mittagspause heißt bei uns „Werbeunterbrechung", und wenn man zu mehrt aufmarschiert, spricht man von einem „Werbeblock". Mein Chef ist mit meiner Leistung sehr zufrieden. Deswegen erhielt ich von ihm für morgen einen neuen spannenden Auftrag. Ich gehe als Zuckerstreuer auf den Diabetikerkongress.

STOFFWECHSEL WOZU?

Neulich drückte ich einer vor mir knienden Frau 20 Euro in die Hand. Sie steckte das Geld ein und sagte: „Machen´s bitte die Hose auf, und dann langsam ausziehen." Ich war wieder einmal bei meiner Änderungsschneiderin. Diese mir sehr ans Herz gewachsene Dame betreut schon sehr lange meine mir ans Bein gewachsene Firmungshose. Seit vielen Jahren schenkt sie der Stulpe immer wieder ein paar Zentimeter Stoff. Da ich jedoch derzeit ausschließlich in der Breite einen Wachstumsschub verspüre, wird nur noch der Bund bearbeitet. Die Meinungen über die Sinnhaftigkeit von lebensverlängernden Maßnahmen bei Firmungshosen gehen zwischen meiner Änderungsschneiderin und mir auseinander. Bemerkungen wie „Mei Nadel is´ mehr wert als der Fetzen" und „Da schaun´s sogar nackert besser aus" lassen mich zumindest so etwas vermuten.

Mode verstehe ich sowieso nicht. Erst vor Kurzem fand ich den grauen Pullunder, den mein Großvater stets trug, im Regal eines Designerlabelshops. Darüber war ein Schild angebracht mit der Aufschrift „Funky New Fashion". Ich bin mir nicht sicher, ob sich mein im Ohrensessel schlafender Großvater als Vertreter des Funk gesehen hat. Gefreut hätte es ihn sicher.

Deswegen sollte man auch Männern, die sich mit weißen Socken und Sandalen schmücken, mitteilen: Auch eure Zeit wird kommen! Moderesistente Männer sind sehr kluge Wesen, weil sie wissen, dass die Vergangenheit wieder zur Zukunft wird. Deswegen dürfen Millionen von Kleidungsstücken, die derzeit in Kellerkästen und Dachbodenschubladen verweilen, berechtigt darauf spekulieren, wieder das Licht der Welt zu erblicken. Im Moment ist der einzige Verbündete von Hawaiihemden, Kunstpelzmützen und Männerleggings eine altersschwache Mottenkugel, aber irgendwann werden sie entdeckt. Zuerst von Lagerfeld, danach wohl auch von ihren Besitzern.

Männern mit weißen Socken und Sandalen ist das eigentlich egal. Sie folgen nicht dem Diktat der Industrie. Diese Männer lassen sich nicht steuern. Sie haben schon immer diese Kombination getragen. Weil sie sich bewährt hat. Dieses offene Zeichen an den Sommer, verbunden mit der Angst vor einem Fußsonnenbrand, entsteht aus keinem Trend. Das ist überlegt. Männer mit weißen Socken und Sandalen sind anders. Sie verschicken ihre Mails mit der Post, telefonieren nur mit Kabel und verlangen, dass bei ihrem Neuwagen das MP3/WLAN/Navi-Radio gegen ihr altes Kassettendeck ausgetauscht wird. Sie warten und pflegen alles und tragen auch noch sehr gerne ihre Firmungshose.

In einem Wissenschaftsmagazin las ich vor Kurzem einen Bericht über die Entdeckung eines Urvolkes in Südamerika. Dieser kleine Stamm ist noch nie mit der zivilisierten Bevölkerung in Berührung getreten. In dem Magazin waren auch drei Fotos abgebildet, auf denen ein

Forscher mit dem Stammesältesten zu sehen war. Auf den ersten beiden Fotos konnte man erkennen, wie der Entdecker auf den Entdeckten hemmungslos einredet. Wahrscheinlich erzählte er ihm vom letzten Kursabsturz an der Wall Street, Helicopter Skiing am Kilimandscharo und dass er seine Grußbotschaft an die Welt bei YouTube uploaden könne. Auf dem dritten Foto blickt der Stammesführer auf seinen Lendenschurz, und sofort konnte ich seine Gedanken lesen: „Ich will nur eine Änderungsschneiderin!"

WENN FRAUEN FUSSBALL LIEBEN

Nun ist auch meine Freundin mit dem WM-Virus infiziert. Sie hat unsere Zimmertüren mit Sektorenbuchstaben beschriftet, den Perserteppich gegen einen Kunstrasen ausgetauscht, und seit einer Woche ziert eine Cornerfahne jede Wohnungsecke. Das Betreten unserer Wohnung ist derzeit überhaupt nur mehr mit Stoppelschuhen gestattet, wobei die Schuhsohlen vorher von ihr kontrolliert werden. Aber damit noch lange nicht genug. Die Kleidungsstücke auf der Wäscheleine müssen von mir taktisch angeordnet werden. Am ersten Strang bildet meist ein Quartett – bestehend aus rot-gelb-rot gestreiften Socken – eine Viererkette. Auf der darauf folgenden Leine baumelt ein starkes Fünfermittelfeld, zusammengestellt aus drei T-Shirts und zwei Westen, und vorne schwingt ein einsamer BH hin und her. Meine Freundin meint, er sei die einzige hängende Spitze. Sie fühlt sich im Haushalt während der WM nur für taktische Anweisungen verantwortlich. Als ich letztes Mal mit dem Staubsaugerrohr unter dem Bett lag, rief sie mir zu: „Du kannst dir die Ecke in aller Ruhe aussuchen!" und „Geh bitte auch dort hin, wo es weh tut!" Sie selbst verbringt die meiste Zeit mit ihren Arbeitskolleginnen in Sektor B. Das ist das ehemalige Wohnzimmer. Dort stehen nur mehr ein Sofa, ein Kühlschrank und ein Flachbildfernseher. Gemeinsam jagen sie sich ein Bier nach dem anderen durch ihre trinkfreudigen Kehlen und grölen in Richtung Küche Schlachtgesänge wie „Wo bleibt denn der zweite Gang?" oder „Nie mehr, nie mehr Tiefkühlkost!". Die wenigen freien gemeinsamen Tage verbringen wir damit, die Familienfotos in Pickerlsammelhefte umzuwandeln. Der ganze Stammbaum zum Einkleben. Dabei sind nicht alle gleich begehrt. Den mittellosen Onkel Willi gibt es gut ein Dutzend Mal, während die Erbtante Erni nur in einem Päckchen vorhanden ist. Der tragische WM-Höhepunkt ereignete sich jedoch gestern. Ich kam völlig erschöpft vom Einkaufen nach Hause und erwischte meine Freundin gemeinsam mit unserem Nachbarn in Sektor C.

Und selbst in so einer prekären Situation konnte sie die Fußballersprache nicht ablegen: „Klaus, das ist ein nicht ernst zu nehmendes Freundschaftsspiel. Man darf deshalb keine voreiligen Rückschlüsse ziehen. Außerdem, so einen starken Mann darf man einfach nicht alleine stehen lassen!" Seitdem sitze ich draußen auf der Parkbank und warte auf den Beginn der österreichischen Bundesliga. Ich bin mir sicher, dann ist wieder alles beim Alten.

DIE NEUE UNSELBSTSTÄNDIGKEIT

Ich mag Sitcoms. Dass sind endlich Sendungen, die mir laufend Hinweise geben, wann und vor allem wie ich zu reagieren habe. Die eingespielten Lacher signalisieren mir: „Achtung, hier war die Pointe!" Dafür bin ich dankbar, weil diese humoristischen Perlen oft unglaublich gut versteckt sind. Schade, dass beim Fernsehen diese vorgegebenen Emotionen derzeit den Sitcoms vorbehalten sind. Es wäre doch eine Idee, auch bei Kochsendungen, in denen zu üppige Mahlzeiten vorgestellt werden, Rülpsgeräusche einzuspielen, oder dass bei einem katastrophalen Wetterbericht Buhrufe ertönen. Dann weiß ich, auf dem Sofa liegend: „Achtung, Klaus, jetzt bist du unzufrieden!"

Der Fernseher soll ruhig über meine Befindlichkeit entscheiden. Mittlerweile habe ich doch schon etliche Aufgaben in meinem Leben ausgelagert. Mein Auto befiehlt mir, mich anzuschnallen, das GPS-System lässt eigene Wege gar nicht mehr zu und meine gerade erst erworbene Pulsuhr rastet völlig aus, wenn ich mich beim Sex im anaeroben Bereich befinde. Ich bin umgeben von technologischen Müttern, die in meinem Leben alles besser wissen und es ständig gut mit mir meinen. Ich merke auch, wie mein Gehirn sich gerade langsam runterfährt. Sicherlich auch in Hinblick auf zukünftige Erfindungen, die mich in die endgültige Unselbstständigkeit führen werden. In wenigen Jahren kommen nämlich Sessel auf den Markt, die vibrieren, falls man nicht gerade sitzt, Computermäuse, die einem einen elektrischen Schlag verpassen, wenn man im Büro auf privaten Seiten surft, und Bücher, die langweilige Seiten automatisch weiterblättern. Des Weiteren werden Handys, die ab einem gewissen Alkoholgehalt Gespräche untersagen, Brieftaschen, die sich bei einem finanziellen Engpass nicht öffnen lassen, und Kondome, die sich bei außerehelichen Vergnügungen nicht aufrollen wollen, nicht mehr lange auf sich warten lassen. Die Evolution wird mit Sicherheit darauf reagieren und den Kopf des Menschen um die Hälfte verkleinern. Es genügt, wenn Nase, Augen, Ohren, Mund und ein paar Haare Platz finden. Und ich werde dann bei mir zu Hause am Küchentisch sitzen und mich fragen: „Was ist im Leben meine Aufgabe?" Aber wenn ich viel Glück habe, weiß die Antwort dann meine Kaffeemaschine.

ZIELGRUPPENTHERAPIE

Als Kleinkind war ich ein Mensch. Doch das endete mit dem ersten Taschengeld. Plötzlich mutierte ich zum Kunden. Und Frau Meisner vom Zuckerlgeschäft neben der Volksschule wurde meine Geschäftspartnerin. Wir Schüler wickelten damals mit ihr regelmäßig Geschäfte ab. Ihr Mann, Herr Meisner, übernahm dann die Kundennachbetreuung. Er war Zahnarzt. Er versorgte die Kraterlandschaft in unserem Gebiss mit Amalgam und verbat uns sämtliche Nahrungsmittel. Außer die Süßigkeiten seiner Frau. Heute leben die Meisners in einer Jugendstilvilla.

Meine Naivität dürfte sich herumgesprochen haben. Das denke ich mir jedes Mal, wenn ich meinen Briefkasten öffne. Auf einen Brief kommen 40 Werbeprospekte. Wohnlandschaften, Akkubohrer und Brillenfassungen bemühen sich täglich, mein Herz bzw. meine Brieftasche zu erobern. Doch leider höre ich jedes Mal den Ruf der Altpapiertonne: „Komm, gib sie mir!" Zuvor addiere ich noch sämtliche in den Prospekten befindlichen Rabatte zusammen. „Heute bekommst du 8.342 %!", sage ich zu meiner Altpapiertonne und klappe dann den Deckel zu.

Übrigens, mein Vorsatz für dieses Jahr ist, das Gewicht meiner Brieftasche zu halbieren. Sonst muss ich den Gürtel noch enger schnallen. Grund dafür sind die 200 Kundenkarten, die meine Hose regelmäßig in den Abgrund ziehen. Ich bin VIP-Mitglied bei zwei Drogeriemärkten, drei Sportausstattern und einer Hosenträgernäherei. Von einem Sargbauer erhielt ich sogar eine Family Card. Na ja, egal was im Leben passiert, eines bleibt man immer – eine Zielgruppe.

ROLLENDE MELKKÜHE

Neulich fuhr ich mit meinem neuen Auto, in dem sich im Kofferraum mein rostiges altes Fahrrad befand, zum Müllplatz. Ich wollte dieses dort ordnungsgemäß entsorgen. Bei einer Ampel überreichte mir ein Mitarbeiter der Stadt Wien ein Flugblatt, auf dem Folgendes stand: „Da die letzte Parkgebührenerhöhung in Wien eine Welle der Begeisterung auslöste, hat sich der Wiener Gemeinderat überwunden, ein weiteres Autofahrermaßnahmenpaket zu beschließen. In Zukunft darf der Autofahrer dreimal am Tag gratis die Spur wechseln, ab dem vierten Versuch bezahlt man jedoch 5 Euro Blinkergeld. Erfreut sich ein Verkehrsteilnehmer hintereinander an drei grünen Ampeln, die Stadt Wien bezeichnet dies als einen Freifahrts-Hattrick, werden 20 Euro Vergnügungssteuer in Rechnung gestellt. Falls man bei einer roten Ampel länger als 10 Sekunden verweilt, ist ab kommendem Monat ein Kurzparkschein auszufüllen. Ab dem 1. Oktober ist verpflichtend auf der Heckscheibe jedes Fahrzeugs ein riesiger Kleber mit der Aufschrift ‚Rot-Grün und Wien wird blüh´n' anzubringen. Dieser kostet zwar 70 Euro, ist jedoch auch dreifärbig. Ergänzt wird dieses Paket durch neue, moderne Verwaltungsstrafen. Der Autofahrer bezahlt 21 Euro, falls das am Beifahrersitz befindliche Einkaufssackerl keinen Helm trägt. Außerdem ist ab 12. Oktober für jeden im Kofferraum bellenden Hund verpflichtend eine Freisprecheinrichtung anzubringen. Um den Feinstaub in Wien zu bekämpfen, werden etliche 30er-Zonen-Schilder durch das neue Verkehrszeichen ‚Schieben only' ersetzt. Die Wiener Stadtregierung hofft, dass vor allem SUV-Fahrer zukünftig vermehrt Schiebgemeinschaften gründen werden. Um diese neuen Belastungen ein wenig abzumildern, schenkt die Stadt Wien jedem Bürger den Hund von Maria Vassilakou als Wackeldackel fürs Armaturenbrett. Es verbleibt mit lieben Grüßen Ihre Stadtregierung". Nach dieser Information entsorgte ich auf dem Müllplatz mein neues Auto und fuhr mit meinem alten Fahrrad nach Hause.

SCHWAMM DRÜBER

Neulich fand ich in einer alten Kiste ein Jugendfoto von mir. Auf diesem versuchte ich, geschminkt und in Frauenkleidern, am Wiener Heldenplatz auf das Pferd des Prinz-Eugen-Denkmals zu klettern. Eines wurde mir beim Anblick des Fotos sofort klar. Es könnte mir, falls ich bei der nächsten Bundespräsidentenwahl antreten möchte, schaden. Der politische Gegner würde es sofort gegen mich einsetzen: „Von so einem viertklassigen Transvestiten können wir uns doch im Ausland nicht vertreten lassen!" Ich könnte natürlich sagen: „Na ja, wir haben schon Schlimmeres nach Brüssel geschickt!" Aber in Wahrheit wäre ich politisch im Eck. Ich war bis zu diesem Kistenfund voller Hoffnung, was meine staatsmännische Karriere betrifft, weil ich dieses Ereignis erfolgreich verdrängt hatte. Mein Gehirn bietet meinen Erinnerungen meist drei verschiedene Möglichkeiten an: „Auf Festplatte C: oder D: speichern", „Vorerst in den Papierkorb verschieben" oder „Endgültig löschen". Bei unzähligen unbequemen Bildern aus der Vergangenheit drückt mein Gehirn auf die „Entf"-Taste und es macht im Kopf „Puff". Ein neurologisches Bäuerchen, welches erleichtert. Bei anderen Bildern packt mein Gehirn Pinsel und Malkasten aus und verschönert sie so lange, bis sie verweilen dürfen. Konrad Adenauer sagte einmal: „Was interessiert mich mein Geschwätz von gestern?" Ein großartiger Satz.

Ich glaube auch, dass der Klaus Eckel von heute dem Klaus Eckel von vor fünf Jahren ziemlich oft den Vogel zeigen würde. Zu meiner Freude kann ich mich an den einfach nicht mehr erinnern. Das schaffen Facebook und YouTube leider nicht. Es gibt keine sozialen Netzwerke, die von sich aus sagen können: „Ach, ist schon vergessen!" Es gibt sogar Experten, die behaupten, dass sich bald jeder Mensch seine komplette Vergangenheit auf Video anschauen kann. Falls dies eintritt, sollten wir eine riesige Psychotherapiecouch bauen. Am besten eine, auf der 8 Milliarden Menschen Platz haben. Deswegen bin ich dafür, dass wir alle fünf Jahre das komplette Internet formatieren. Damit jeder von uns die Chance kriegt, seine Fehler nochmals zu machen.

BEAUTY & SAFE

Brustvergrößerungen können Leben retten. In Japan blieb tatsächlich eine Revolverkugel im Silikonimplantat der angeschossenen Frau stecken. Leider findet bei Debatten über Schönheitsoperationen dieser Zusatznutzen nur selten Erwähnung. Pamela Anderson ist vielleicht einfach nur ängstlich. Das Gesicht des erstaunten

Gangsters hätte ich wirklich gerne gesehen. Da steht die Frau doch glatt wieder auf und geht auf ihn zu. Voll auf Terminator. Vielleicht hat der Gangster sogar nochmals geschossen und traf dabei die zweite Brust oder das nach hinten gestraffte Gesicht, an dem das Projektil erneut abprallte. Danach ging der Täter sicher in die Knie, bettelte um Vergebung und baute eine Kapelle zu Ehren der plastischen Chirurgie. Verzeihen Sie, werter Leser, meine Fantasie ist manchmal nicht zu bändigen. Ich werde sie sofort wieder an die Kandare nehmen. Jedoch gebe ich zu bedenken, dass Silikonkissen viel günstiger als kugelsichere Westen sind. Vielleicht werden sich in Zukunft etliche Streifenpolizisten vor dem ersten Einsatz auf den Operationstisch legen müssen. Da die Evolution kläglich versagt, muss sich der Mensch laufend selbst optimieren. Zuerst dieser Quantensprung von der Bakterie bis zum Homo sapiens, und seit einigen Jahren besteht einfach nur Stillstand. Deshalb kämpfe ich aktiv gegen den Dornröschenschlaf, in dem die humanoide Entwicklung verweilt. Gelegentlich springe ich von hohen Mauern und verstauche mir bewusst das Bein. Das ist ein Zeichen an meinen Körper, über die Entwicklung von Flügeln nachzudenken. Manchmal fahre ich auch beim Einparken bewusst auf das hinter mir befindliche Auto auf. Der Mensch braucht dringend am Hinterkopf ein drittes Auge. Eine sogenannte Einparklinse. Sicher, diese Fortschritte sind erst in Tausenden Jahren bemerkbar, jedoch dann war ich ein Teil davon. Und bis dahin werden die von der Evolution hinterlassenen Löcher mit Silikon gestopft.

ADAMSAPFEL & EVABIRNE

Männliche Seepferdchen brauchen keine Quotenregelung. Sie tragen seit Jahrhunderten ihre Kinder freiwillig aus. Wahrscheinlich gelten sie deswegen unter den anderen männlichen Meeresbewohnern als die Waschlappen des Tierreichs. So ein patriarchal denkender Hammerhai kann doch schon rein ideologisch nichts mit so einem dahingurkenden Wasserross anfangen. Charakterlich kann man diesen kleinen Seehengsten wirklich nichts vorwerfen. Sie leuchten sogar vor Freude, wenn ihnen das Weibchen fünf Minuten Aufmerksamkeit schenkt. Unglaublich, da plagst du dich den ganzen Tag mit hundert Eiern im Rucksack, und ein verstohlener Blick genügt, um in Dankbarkeit zu verfallen. Also ich schwanke in meiner persönlichen Einschätzung von männlichen Seepferdchen noch immer zwischen Softie und Volltrottel. Manche Wissenschaftler behaupten, ein devotes, nach Ausgleich strebendes Verhalten sei hormonell bedingt. Uns Männern steht das Testosteron im Weg. Das Testosteron bläst in Amerika Finanzblasen auf, verwandelt in Italien Stripperinnen zu Ministerinnen und erwartet von uns, in Nordafrika eine Diktatur zu errichten. Es besteht für uns Männer noch immer die klitzekleine Hoffnung, dass in geraumer Zeit nicht wir, sondern nur mehr unsere Hormone vor Gericht stehen. Das Labor wird dann zum Testosteronknast, und was vom Mann noch übrig bleibt, bekommt Freigang. Übrigens, auch bei Naturphänomenen gibt es keine ausgleichende Gerechtigkeit. Wenn Menschen vom Blitz getroffen werden, sind es zu 80 % Männer. Also eines ist damit klar. Falls es Gott gibt, dürfte er weiblich sein. Diverse Bischöfe können schon mal beginnen, die in ihren Kirchen befindlichen Rauschebartdarstellungen des Schöpfers übermalen zu lassen. Die Gott epiliert sich wahrscheinlich und versucht nebenbei, mit Blitzeinschlägen Gerechtigkeit auf Erden herzustellen. Egal, bei der Frage nach der männlichen Identität wird man nicht immer im Unklaren gelassen. Meine Frau schenkte mir gestern zum Jahrestag ein Paket mit den Worten: „Ich hoffe, du weißt es zu deuten." Es war ein Aquarium. Drinnen schwamm ein Seepferdchen.

AUSLAND, WIR KOMMEN

Neulich behaupteten in einem Artikel etliche österreichische Unternehmer, dass man für den beruflichen Durchbruch ins Ausland gehen sollte. Ein Job in Amerika, der mich seit Jahren interessieren würde, wäre der des Notdurftvertreters. In Hollywood suchen sie tatsächlich im Rahmen der Oscarverleihung Menschen, die den Platz von prominenten Schauspielern besetzen, während diese die Toilette aufsuchen. Die Fernsehverantwortlichen wollen damit verhindern, dass bei einem Kameraschwenk durchs Publikum ein leerer Platz zu sehen ist. In der Jobannonce wird als einzige Qualifikationsanforderung angegeben, dass man fünf Minuten ruhig sitzen können muss. Ich habe mich jetzt beworben, und zwar mit einem YouTube-Video, welches zeigt, dass ich sogar zehn Minuten ruhig sitzen kann. Ich hoffe, dass ich dadurch nicht überqualifiziert bin. Das wäre schon unglaublich. Klaus Eckel wärmt den Platz von Brad Pitt, während dieser seine Blase erleichtert. Ich würde natürlich die Zeit nützen, um mit seiner Frau in Kontakt zu treten. Mit ein bisschen Glück haucht mir die schöne Angelina ins Ohr: „Klaus, I would like to adopt you. My kids are from all over the world, but I have no Austrian." In Anbetracht dieser Option würde ich natürlich meine offizielle Familie sofort verleugnen. Ich würde der Angelina erzählen, dass ich einst in einem Körbchen die Donau flussabwärts trieb, in Kaisermühlen strandete und von einer Ente, die Alkoholiker war, großgezogen wurde. Ihr Mann würde sich schön wundern. Da kehrt er erleichtert und nichts ahnend zu seinem Platz zurück, und seine Gattin knallt ihm folgenden Satz entgegen: „Hey Brad, tonight this little Austrian sleeps between us." Bis zur Oscarverleihung suche ich jedoch mein berufliches Glück in Italien. Laut dem statistischen Zentralamt landen im Trevibrunnen jedes Jahr Münzen im Wert von 100.000 Euro. Also, falls Sie in den nächsten Wochen in Rom verweilen und aus dem Trevibrunnen ein rot-weiß-rotes Schnorchelrohr herausragen sehen, dann bitte nicht mit dem Finger zuhalten! Sie gefährden meinen Durchbruch.

DIE WELT IM KLEINEN

In der Bäckerei. Ich: „Frau Berger, ich krieg zehn Semmeln und drei Zimtschnecken. Bitte wieder anschreiben." Frau Berger: „Geht nicht, sie wurden gestern von drei Ratingagenturen abgestuft. Von Triple A auf A+." Ich: „Das ist noch immer drei Stufen besser als Papua-Neuguinea." Frau Berger: „Die kriegen von uns auch keine Semmeln. Herr Eckel, wir brauchen Sicherheiten."

Ich gab ihr meine eCard. „Sicherheiten!", wiederholte Frau Berger. Ich: „Der österreichische Gesundheitsminister meinte, die eCard gibt Sicherheit!" Frau Berger: „Und der japanische Wirtschaftsminister meinte, die Atomkraft ist ungefährlich! So, der Nächste bitte." Ich: „Frau Berger, geben sie mir ..." Frau Berger: „Tut mir leid, sämtliche Bäcker in der Umgebung sind der gleichen Meinung – Sie sind unser Griechenland." Ich: „Frau Berger, wenn Sie mich fallen lassen, dann reiß ich sämtliche anderen Anschreiber in der Umgebung mit. Sie unterschätzen den Schneeballeffekt. Ich bin too big to fail!" Wutentbrannt schnappte ich mir sämtliche Brotverkostungsproben, die auf der Vitrine lagen, und stürmte aus der Bäckerei.

Am nächsten Tag in der Trafik. Herr Mandl: „So, Herr Eckel, ein Rubbellos, macht einen Euro." Ich: „Bitte schön!" Herr Mandl, die Münze anblickend: „Tut mir leid, der Euro ist aus Portugal." Ich: „Und?" Herr Mandl: „Der ist weniger wert." Ich: „Na, spinnen jetzt alle? Der Euro ist eine Einheitswährung." Herr Mandl: „Wir nehmen nur noch Euros, die in stabilen Ländern wie Deutschland, Holland und England hergestellt worden sind." Ich: „England hat überhaupt keinen Euro." Herr Mandl: „Eben, dann hätte er Seltenheitswert." Ich: „Und was bekomme ich für meinen portugiesischen Euro?" Herr Mandl: „Einen 10-Minuten-Kurzparkschein." Ich: „Der ist doch gratis!" Herr Mandl: „Stimmt, und rubbeln kann man ihn auch." Verärgert tauschte ich fünf portugiesische Euros gegen zwei 50-Cent-Münzen aus Holland und kaufte mir ein

Rubbellos. „Heut hatten´s sogar a Glück mi´n Wechselkurs!", rief mir Herr Mandl nach. Schade, dass man in Österreich nicht mit der Angst bezahlen kann. Mittlerweile bin ich für eine Währungsumstellung vom Euro auf den Panik. Das wäre doch eine schöne Vorstellung. Man muss nur um sein Geld fürchten, und schon vermehrt es sich. Wir wären ein stinkreiches Land.

DRECKIGES GEWISSEN

Als ich letztes Mal auf der Mülldeponie einen großen Karton wegwerfen wollte, merkte ich, dass sich unten am Verpackungsboden noch eine große Plastikfolie befand. Sofort schrie mein schlechtes Gewissen durch sein Megafon: „Das gehört getrennt entsorgt!" Durch dieses Geplärr erwachten in mir zwei Gefühle, die sofort zum Wettkampf antraten. Das Match lautete: Trägheit gegen Umweltbewusstsein. Was soll ich sagen: Es wurde wieder einmal ein Kantersieg für die Trägheit – dem FC Barcelona unter meinen Gefühlen. Schließlich landete die Verpackung in dem Container mit der Aufschrift „Nur Kartons bitte!". Der Verstand, die Marketingabteilung meines Handelns, meinte nur: „Geh, am Schluss verbrennen´s das eh wieder gemeinsam. Des hamma doch mal wo g´lesen ..." „Hamma nicht ...", meinte plötzlich das Gedächtnis. „Genau!", stimmte das schlechte Gewissen ein, „Hamma nicht. Mir reicht´s überhaupt mit dir. Du hörst nie auf mich! Gestern bist bei Rot über die Straße gelaufen, hast dich beim Autofahren nicht angeschnallt, dann bist in der 30er-Zone einen 50er g´fahren, hast falsch geparkt, telefoniert ohne Freisprecheinrichtung, und in deinem Verbandskasten sind Bierdosen drinnen. Am Sonntag fladerst die Zeitung und danach saugst dir illegal das halbe Internet runter. Hauptsache, in Gesellschaft blöde Witze über Meischberger und Grasser machen. Du bist menschlich nicht besser, du hast nur weniger Macht!" Stotternd erwiderte ich: „Du, Gewissen, besprech ma das doch zu Hause ..." Plötzlich klopfte mir jemand von hinten auf die Schulter. Es war der Leiter der Mülldeponie, der auf meine von anderen Kartons fast schon gänzlich begrabene Verpackung deutete: „Vü Spaß beim Rausfischen! Plastikmüll hinten links."

EINMAL SONNE OHNE APFELTASCHE

Neulich sah ich im Kino den Film „Am Anfang war das Licht". Diese beeindruckende Dokumentation zeigt Menschen, denen das Licht zur Sättigung ausreicht. Das klingt vorerst etwas unglaubwürdig, besticht jedoch durch folgende Logik: Die Sonnenstrahlen lassen die Tomate wachsen und nachher verspeisen wir die Tomate. Vielleicht wäre es tatsächlich klüger, sich direkt am Licht zu laben, anstatt die Tomate als Energiezwischenhändler einzuschalten. Auch das Gemüse würde sich freuen, wenn es am Zenit des Lebens nicht mehr von der Mutterstaude weggeköpft wird, um als Gewissensberuhigung zwischen zwei Burgerhälften zu landen. Nach dem Kino ging ich zum Würstelstand. Mit einer Käsekrainer im Mund sagte ich dem Würstelstandbesitzer, dass wahrscheinlich auch seine Außenbeleuchtung meinen Hunger stillen könnte. Er antwortete interessiert mit: „Der Nächste, bitte!" Der korpulente Gast neben mir, ein gewisser Ferry, hörte sich meine Theorie an und war begeistert. „Vielleicht schreibt mir meine Frau bald folgenden Einkaufszettel: 2 Liter Milch, 1 kg Roggenbrot und eine Großpackung Glühbirnen, wir kriegen Gäste!" „Genau, Ferry, und Energiesparlampen gelten bald als leichte Küche", erwiderte ich scherzhaft. Doch Ferry nahm die Sache sehr ernst.

„Du, wenn meine Kinder das nächste Mal die Schreibtischlampe ständig ein- und ausschalten, ermahne ich sie mit den Worten: Mit dem Essen spielt man nicht!" Zehn Minuten später eilte er nach Hause. Er war sich plötzlich sicher, dass nicht der Inhalt seines Kühlschranks, sondern nur dessen kleine Lampe für seine Gewichtszunahme verantwortlich ist. Nun, na ja, vielleicht. Dennoch bin ich mir sicher, dass das Entfernen des Kühlschranklichts beim Abnehmen hilft. Wenn es dort finster ist, greift man vielleicht unabsichtlich zum Gemüse.

FRÜH & VERDORBEN

In meiner Schulzeit stand ich einmal mit meinen engsten Freunden im Zimmer des Direktors. Nach dem Betrachten unserer aktuellen Noten sagte er: „Also, i umschreib´s, so gut i kann – ihr seids drei Volldillos!" Eine Woche später erklärte mir die Schulpsychologin, dass er wahrscheinlich meinte: „Nicht böse sein, aber ihr führt ein bildungsfernes Leben!" Ehrlich gesagt, auch im Nachhinein ist mir „Volldillos" lieber. Dank der Subsumierung unserer Leistungen unter dem Begriff „Volldillos" kannten wir uns aus. Und das war schön, weil wir uns sonst nirgends auskannten. In ein paar Jahren wird man wahrscheinlich zu solchen Kindern sagen: „Ihr haltet anscheinend ganz bewusst einen Sicherheitsabstand zur Bildung!" oder „Schön, dass ihr wissensneutral lebt!". Hinter weichgespülter Sprache versteckt sich auch manchmal eine Foltermethode. Zum Beispiel das Wort „Frühförderung". Dieser Begriff beschert Neugeborenen den ersten Organizer – vom Krabbelworkout bis zum Schwimmtraining. Kaum ist die Nabelschnur abgeschnitten, hechelt man sich durchs Leben. Es gibt deswegen für Babys schon „Anti-Burn-out"-Seminare. Man versucht, mit der Ursache die Wirkung zu bekämpfen. Originell. Mir würden noch weitere Babykurse einfallen: „Find Your Own Windelstil", „Pimp Your Kinderwagen" oder „Erste Schritte zur Selbstvermarktung" bzw. „Grasser Yourself". Ich bin mir sicher, bald werden bekannte Kindersendungen neu produziert und in den Dienst der Frühförderung gestellt. Wickie fährt dann mit dem Schiff nach Griechenland und löst dort die Finanzprobleme, Heidi zeigt uns den optimalen Klauenschnitt beim Hochlandrind und der Wissenschafts-Pumuckl versucht, den Kindern die Teleportation näherzubringen. Jedoch kann Frühförderung gar nicht früh genug stattfinden. Es gibt Väter, die beschallen den Bauch ihrer schwangeren Frau regelmäßig mit Mozart, um die Wunderkind-Wahrscheinlichkeit zu erhöhen. Diese Kinder werden nach dem Weg aus dem Geburtskanal von einem Humboldtlehrer begrüßt: „Willkommen bei Russisch für Anfänger.

Dobryj djen!" Bereits mit zwei Jahren werden diese Frühgeförderten von einem Onkel mit der Frage konfrontiert: „Und was willst du einmal werden?" Ich vermute, das Kind wird dann sagen: „Hoffentlich ein Volldillo." Aber das dafür viersprachig.

HAUSTIERHUNGRIGE GERÄTE

Vor Kurzem wollte ich in meiner Wohnung einen kathartischen Prozess durchführen. Sprich: Ich wollte putzen. Um den Möbeln das mittlerweile sehr dicke Staubkleid auszuziehen, borgte ich mir einen Industriestaubsauger aus. Plötzlich läutete es an der Tür und meine Nachbarin fragte mich, ob ich auf ihren Chihuahua aufpassen könne. Sie müsse dringend etwas erledigen und der kleine Hannibal wäre ein ganz ein Lieber. Um mein ramponiertes Image im Haus aufzupolieren, sagte ich zu, und die Nachbarin stellte das Körbchen inklusive der Fußhupe in die linke hintere Ecke meines Wohnzimmers. Unbeirrt von dem neuen Gast warf ich den Staubsauger wieder an. Nach einer Stunde fiel mir auf, dass Hannibal sich nicht mehr im Körbchen befand. „Hannibal", rief ich durch die Wohnung, „Hannibal!" Plötzlich knurrte das

Saugrohr. Da war er wieder, dieser Moment, in dem sich Erkenntnis und Verzweiflung die Hand geben. „Hannibal", rief ich in die obere Öffnung des Saugrohrs, „Hannibal!" Das Knurren wurde lauter. Ich versuchte, das Rohr umzudrehen, zu schütteln und mit einem Besenstiel den Hund rauszuschubsen, aber Hannibal klemmte fest. Ich legte vor die vordere Öffnung zwei Blatt Extrawurst, um Hannibals Ehrgeiz zu wecken, sich selbst aus der Röhre zu zwängen. Keine Chance. Das Knurren wurde langsam durch ein Jaulen ersetzt. Schließlich holte ich aus dem Keller den Kärcher und spritzte von der hinteren Seite des Saugrohrs auf das Hinterteil von Hannibal. Durch die beigemengte Seifenlauge, so hoffte ich, würde Hannibal rausrutschen. Das Ergebnis war enttäuschend, dafür wurde es im Saugrohr verdächtig ruhig. Plötzlich läutete es an der Tür. Die Nachbarin kam hereingestürzt und fragte: „Na, wo ist mein kleiner Hannibal?" Verlegen deutete ich auf das Saugrohr. Nach einer Ohrfeige und zwei Stunden später schnitt unser Hausmeister mit Spezialwerkzeug Hannibal aus seinem Gefängnis. Als dieser hechelte, atmete ich auf. Nur die Nachbarin unterbrach meine Erleichterung: „Das ist nicht mein Hannibal!" „Doch, das ist er", erwiderte ich, „Sie müssen ihn nur föhnen."

KARL-HEINZ STRASSER

Neulich konnte ich an einer Bar folgendes Gespräch zwischen zwei Männern belauschen: „Was sagst zum Grasser?" „Unsympathisch." – „Und zum Strasser?" „Verbrecher." – „Und zum Hans-Peter Martin?" „Unsympathischer Verbrecher." Danach folgte ein Schweigen. In diese Stille habe ich dann mit folgendem Satz eingegriffen: „Also ich bin echt froh, dass wir die drei haben, weil sonst hätten wir gar nichts zum Reden." Sofort wurde mir klar, dass dies die richtige Aussage ist, wenn man in einer Bar die Einsamkeit sucht. Trotzdem verteidigte ich mein Argument: „Also ich finde, moralisch gefestigte Menschen kommen vielleicht als Erste in den Himmel, aber als Letzte auf ein Titelblatt. Bitte, wer liest schon Schlagzeilen wie: EU-Abgeordneter wurde erneut beim Steuerzahlen erwischt! Wären wir ausschließlich von weißen Schafen umgeben, unser Leben bestände aus einem einzigen langen Gähnen. Außerdem wäre die Welt voll von daumendrehenden Journalisten, in die Luft schauenden Rechtsanwälten und nach Straftätern flehenden Richtern. Polizisten würden vor lauter Verzweiflung in der Nacht einbrechen gehen, damit sie am nächsten Tag eine Fahndung herausgeben könnten. Falls sie sich dann schnappen würden, müssten sie aus sich selber ein Geständnis rauspressen. Eine fast unlösbare Aufgabe. Ohne Kriminelle würde das Innenministerium sämtliche Polizisten sofort zu Postlern umschulen. Sicherlich, für manche würde das bedeuten: ‚Back to the roots'. Jedoch als gelbe Cops sitzen sie dann bei sinnlosen Vorträgen wie: ‚Schnapsen für Fortgeschrittene' oder ‚Wie spiele ich Minesweeper und Solitär gleichzeitig?' Sprechen wir es doch endlich offen aus – Kriminelle sind auch Arbeitgeber. Ich bin mir sicher, die Wirtschaftskammer wird irgendwann den Slogan lancieren: ‚Geht´s den Verbrechern gut, geht´s uns allen gut'. Und wenn das nicht greift, werden sie ein Verbrecherkonjunkturpaket schnüren. Es wird dann Aktionen geben wie den ‚Tag der offenen Autotür', oder Einbrechern wird ein kostenloser Mitarbeiter vom Aufsperrdienst zur Verfügung gestellt. Und für Finanzkriminelle müsste dann die Wirtschaftskammer sogar kostenlose Geldwäschereisen nach Jersey organisieren!" Irgendwann unterbrach der eine an der Bar sitzende Mann meinen Redeschwall und sagte zum anderen: „Gib dir den Spinner! Der verteidigt tatsächlich Gesetzesbrecher. Ah ja, Franz, du wolltest ma noch die Nummer von deinem Pfuscher geben ..."

LAND DER LISTEN

Gegen Ende des letzten Jahres fiel mir Folgendes auf. Alles wurde noch einmal bewertet: der beste Film, der beste Sportler, das beliebteste Urlaubsland. Auf dieser Liste stand Österreich bei anderen Nationen wieder einmal ganz oben. Der Österreicher ist gegenüber der Heimat etwas kritischer. Beim beliebtesten Politiker gewann zum zwölften Mal in Folge Bruno Kreisky, knapp vor der Venus von Willendorf. Bei Letzterer ist zwar nicht geklärt, ob sie politisch tätig war, jedoch bevor ein aktueller Volksvertreter einen Podestplatz erlangt, votieren viele Bürger sogar eher noch für eine Hämorrhoidensalbe. Auch im Internet wird derzeit alles beurteilt. Bücher, Hotels und ehemalige Liebhaber. Erhält man im Netz als Geliebter nur vier von fünf möglichen Sternen, gilt man mehr oder minder als Horizontalpfeife, als Beischlafniete, als die Krankenvertretung von der Notlösung, und kann sich am Wifi zum Eremiten umschulen lassen. Die Keule der Bildungshitparade, landläufig bekannt als Pisa-Studie, traf uns hart. Es macht uns eigentlich nichts aus, dass wir schlecht sind, nur leider sind wir schlechter. Die Finnen lesen uns in Grund und Boden. Es ist wirklich ein elendiges Gefühl, wenn nach einem Sportwettbewerb auf der eigenen Urkunde „Teilgenommen" steht. Seit der Pisa-Studie kennen wir dieses Gefühl. Die Politik reagiert, indem sie jetzt die Parteibücher mit mehr Bildern ausstattet. Wer den Bundeskanzler ausmalt, ohne dabei mit dem Stift die Vorlage zu verlassen, wird Staatssekretär. Aber sehen wir es mal positiv. Dank uns haben die Finnen viel mehr Selbstbewusstsein. Im Boxen würde man uns einen Aufbaugegner nennen. Vielleicht sind wir darauf nicht besonders stolz, aber zumindest macht es uns beliebt.

HIER BIN ICH!

Als Kind konnte ich nie ruhig sitzen. Heute würde man wahrscheinlich sagen: „ADHS". Damals sagte man: „Uff!" Irgendwie ist mir „Uff" sympathischer. Ich mag Menschen, die ahnungslos sind. In der Vorweihnachtszeit versuchte mein Vater, meinen anarchistischen Bewegungsdrang mit einer etwas rustikaleren Methode in den Griff zu bekommen. Er bat am Adventmarkt einen Verkäufer, nicht nur die Fichte, sondern auch mich durch die Christbaumtrommel zu stecken. Mein Vater hoffte, dass vielleicht das Netz meine Kräfte bündle. Der Fichtentandler bestätigte dies mit Verkäufercharme: „Spring eini – heut moch ma aus dem Zappelphilipp einen Ruheklaus, ha, ha!" Sicher war diese Methode rein pädagogisch nicht „state of the art“, aber zu 100 Stunden Gesprächstherapie hatten wir alle weder Lust noch Zeit. Aufmerksamkeitsdefizitsyndrom. Seltsames Wort. Alles will heute von uns beachtet werden. Der Eurokurs, das Werbeplakat und Lady Gaga. Im Supermarktregal stehen unglaublich viele Tomatensuppen und schreien lautlos ihren Werbespruch. Die erste: „Nimm mich, ich bin die natürlichste!“ Die zweite: „Nimm mich, ich bin die günstigste!“ Und die dritte: „Nimm mich, ich bin zwar die teuerste, aber bei mir musst du dich nicht bücken!“ Bettelnde Suppen machen mich traurig. In meiner Kindheit stand im Regal des Greißlers nur eine Tomatensuppe. Bei der musste man zuerst eine halbe Stunde lang den Staub wegpusten, um auf einen roten Aufkleber zu stoßen. Es erschien eine abgeschlagene und zugedellte Blechbüchse mit einem ausgebleichten Etikett, von dem mich ein verschrumpelter Paradeiser anblickte. Die Werbebotschaft war klar: „Ich schmeck nach Suppe – und wenn du Glück hast, nach Tomate. Nimm mich oder lass es bleiben.“ Trotzdem hielt ich diese Tomatensuppendose empor, als wäre sie das olympische Feuer. Monopolisten haben einfach eine ganz andere Aura. Ich frage mich manchmal, wie das beim Neandertaler war. Wahrscheinlich stand er bei der Jagd vor einem Mammut, und ihm war klar: Das wird heute das Abendessen. Irgendwann stand aber plötzlich neben dem Mammut ein Säbelzahntiger, und zum ersten Mal hatte er eine Auswahl. Seine Reaktion war sicherlich folgende: „Uff!“

UNSER ALLER KOPF

Ich würde diese 1,3 kg schwere Masse so gerne verstehen. Wie funktioniert sie, gibt es Entwicklungsmöglichkeiten und wer hat die Bedienungsanleitung? Ich spreche vom Gehirn. Meine Schädeldecke schenkt ihm seit meiner Geburt Wärme und Geborgenheit, und trotzdem war es nicht immer mein bester Freund. Deshalb denke ich sehr oft mit ihm über es nach. Wie kann da je ein objektiver Gedanke zustande kommen? Man bräuchte eigentlich ein externes Gehirn, mit dem man über sein internes nachdenkt. Ernüchternd. Trotzdem, das Gehirn lässt sich an der Nase herumführen. Nach einer neuen Studie reduziert sich der Appetit auf Essen, wenn man intensiv daran denkt. Vielleicht begrüßen uns bald die zwei Fernsehköche Andi & Alex im Yogasitz mit den Worten: „Grüaß Euch! Heut meditier´ ma uns gemeinsam Jakobsmuscheln in Zitronenglace mit Sellerie und Bärlauch in den Magen." Natürlich werden nachher beim ORF-Kundendienst etliche ältere Zuseher anrufen und sagen: „Guat hot´s g´schmeckt, oba i hätt no gern wos Süßes." Dann wird wahrscheinlich der Kundendienstmitarbeiter antworten müssen: „Tut mir leid, aber jetzt kommt die Barbara Karlich Show." Zurück zu den Gedanken. Diesen wird von Gehirnforschern eine unglaubliche Kraft nachgesagt. Ich kann das bestätigen. Seit einigen Wochen versuche ich, mir mit geschlossenen Augen einen Wohnungsputz vorzustellen, und nach dem Öffnen überkommt mich der Eindruck, dass meine Räumlichkeiten sauberer wirken. Falls diese Reinigungsmeditation bei anderen Menschen auch funktioniert, kann sich die Putzmittelindustrie schon mal warm anziehen. Gehirnforscher meinen, dass man solche Fähigkeiten liegend trainieren muss. Seitdem ich das weiß, bezeichne ich meine Wohnzimmercouch als neurologisches Fitnesscenter. Mit Hilfe eines regelmäßigen Synapsen-Workouts versuche ich, meiner Oberstube Erfolg, sexuelle Befriedigung und soziale Anerkennung vorzutäuschen. Vielleicht bemerke ich aber auch irgendwann, dass mir mein Gehirn bis jetzt das Denken vorgetäuscht hat.

UNTERM RAD

Als Park & Ride-Verwender muss man ständig die Rolle wechseln. Man steigt als Autofahrer aus, schlüpft in den Fußgänger, mutiert zum Straßenbahnbenutzer und beendet manchmal die letzten Kilometer als Radfahrer. Interessant finde ich, dass sich die einzelnen Rollen nicht leiden können. Im theoretischen Fall, dass sie aufeinander treffen könnten, würden sie sich gegenseitig den Vogel zeigen, der Unzurechnungsfähigkeit bezichtigen und vom Staat fordern, dass man den anderen wegsperrt. Man ist immer nur, was man gerade ist. Normalerweise schätzen es Menschen, wenn andere ihren Lebensweg gut finden. Nicht so im Stau. Da wäre man lieber ein Einzelgänger. Man schaut den Fahrer auf der Nebenspur an und denkt sich: „Such dir doch eine eigene Straße. Ich war zuerst am Gürtel!" Im Stau ist man wütend, weil viele Menschen die eigene Idee zur selben Zeit teilen. Nämlich: in eine bestimmte Richtung fahren. Eigentlich absurd. Ich versuche, mich manchmal im Stau der Fantasie auszuliefern, und denke mir: „Hinter mir fahren meine Fans und vor mir mein Begleitschutz!" Ein kleiner Perspektivenwechsel kann einem das Selbstbewusstsein polieren. In der Alltagsmathematik gibt es jedoch die Formel: Stau = Ärger. Man ärgert sich, dass man zu spät zu einer Arbeit kommt die man eh nicht mag, nur um früher festzustellen, dass sie wirklich mies ist. Ich hoffe, dass ich das einem Außerirdischen niemals erklären muss. Das Auto bezeichne ich als eine fahrende Schreikabine. Verhält sich ein anderer Verkehrsteilnehmer nicht nach den eigenen Vorstellungen, wird diesem das komplette Schimpfwörterlexikon präsentiert. Den Frieden in Österreich verdanken wir auch den Autofensterscheiben. Sie bemühen sich, das Schlimmste abzufangen. Stellen Sie sich vor, wir würden alle Cabrios fahren. Bei jeder Kreuzung müssten Konfliktberater und Rechtsanwälte herumlungern. Übrigens, nächste Woche schreibe ich eine Kolumne im Automagazin. Da verfluche ich dann die Straßenbahn.

WECHSEL STROM

Als Kind war ich hyperaktiv. Wenn ich in der Schule mehr als fünf Sekunden auf meinem Platz verweilte, meinten etliche Lehrer, dass ich bereits meditiere. Mein Vater versuchte, meine Lebhaftigkeit ökonomisch zu nützen. Er bestellte in Südkorea eine Energiejacke. Dieses Kleidungsstück versprach in der Bedienungsanleitung, die Bewegungen von Kindern in Strom umzusetzen. Mein Vater hoffte, er könne mit mir das Haus beleuchten. Es reichte nicht einmal für seine Taschenlampe. Doch warten wir es ab. Ich halte es für eine schöne Vision, dass die Atomkraft irgendwann vom Kinderturnen abgelöst wird. Meine Hoffnung, dass es in unserer Gesellschaft zu einer Wende im Energieverbrauch kommt, verblasst mit jeder Beobachtung. Diverse Shopping-Center werden in der Nacht beleuchtet, als müssten die Heiligen Drei Könige dort hinfinden, und die meisten Haushalte besitzen mittlerweile doppelt so viele Ladegeräte wie Steckdosen. Das hat zur Folge, dass ein Dreifachverteiler an einem

Dreifachverteiler hängt, und dieser hängt wiederum an einem Dreifachverteiler. Die Stromschlange schlängelt sich so lange durch den Wohnraum, bis sie den Besitzer erwürgt. Dabei gäbe es genügend spannende Energiesparvorschläge. Ich habe zum Beispiel die Strecke zwischen meinem Bett und dem WC auswendig gelernt. Falls mich in der Nacht die Blase auf den Weg schickt, muss ich keine Lampe mehr einschalten. Auf Facebook gibt es derzeit etliche „Atomstrom – Nein danke"-Initiativen. Die Server, auf denen Facebookdaten ruhen, werden aber auch mit Atomstrom betrieben. Um dieses Paradoxon aufzulösen, werde ich jetzt auf Facebook ein Offline-Facebook vorschlagen. Ich möchte an einem zentralen Ort eine riesige Pinnwand aufstellen, und jeder kann seine Statusmeldungen mittels gelber Postings dranhängen. Oder man erzählt es einfach meiner Mutter. Von der Nachrichtengeschwindigkeitsausbreitung her ist sie gegenüber Facebook klar im Vorteil. Unsere Zukunft muss eben nicht zwangsweise elektrisch sein. Ich glaube, erst wenn unsere Städte in der Nacht im Dunklen verweilen dürfen, ist uns Menschen ein Licht aufgegangen.

DIE SCHLITZOHRLÄMMER

„Es gilt die Unschuldsvermutung." Zwölf Mal zählte ich diesen Satz in der Abendausgabe einer einzigen Tageszeitung. Unschuldsvermutung. Dieses Wort klingt ein bisschen nach: „Sicher, er war´s, aber er ist halt ein Depp." Über den Politik- und Wirtschaftsteil jeder Tageszeitung könnte man mittlerweile ruhig das Wort „Chronik" schreiben. Auch der Sportteil watet seit der Tour de France bzw. „Strizzis auf Rädern", wie es seit dem Relaunch heißt, mit einem Bein im Sumpf des Verbrechens. Vielleicht wäre es eine Überlegung wert, über sämtliche in der Zeitung abgebildete Gesichter einen schwarzen Augenbalken zu schmieren. Der Leser möge sich dann selber eine Meinung bilden, und falls er die abgelichtete Person für unschuldig hält, kann er den Balken mit einer Münze ausradieren. Am besten mit der, die er am Sonntag regelmäßig einzuwerfen vergisst. Lieber Leser, keine Sorge, auch bei Ihnen gilt natürlich die Unschuldsvermutung. Freilich hätte dieses „Radier mich frei"-Konzept den Nachteil, dass den meisten von uns die Augenfarbe eines ehemaligen Finanzministers bis heute nicht bekannt wäre. Doch die Tatsache, dass etliche prominente Straftäter ihre Haft auf Penthouseterrassen und in Yachtclubs absitzen, lässt auch einfache Kriminelle mutiger werden. In Bludenz hat letzte Woche ein unmaskierter Mann seine Visitenkarte auf den Schaltertisch geknallt und mit einer Pistole in der Hand 10.000 Euro in bar gefordert. Während die Kassendame das Geld in eine mit seinen Initialen versehene Tasche einpackte, hielt der Mann ein Schild in die Überwachungskamera. Auf diesem stand: „Es gilt die Unschuldsvermutung!"

FAHR ZUM HIMMEL!

Letzte Woche ersteigerte ich auf eBay zwei Sachen. Goldfische und ein Papamobil. Als Kind besaß ich von Letzterem nur eine Matchboxversion. Damit wurde ich in der Sandkiste von Ferraris überholt und von Sattelschleppern überrollt. Ich ließ mich jedoch davon nicht einschüchtern und fuhr mit meiner kleinen Papstkiste im Schritttempo an den hübschen, am Sandkistenrand sitzenden Mädchen vorbei. Natürlich stets in der Hoffnung, ein betörendes Winken zu erhalten. Nun, es war eine sehr einsame Kindheit. Egal, der Verkäufer auf eBay, ein gewisser Ratzi1927, war aus Rom und machte einen seriösen Eindruck. Außerdem antwortete er mir immer in perfektem Deutsch. Das ist für einen Italiener doch recht ungewöhnlich. Er erzählte mir im Mailverkehr von finanziellen Unpässlichkeiten, einem Notverkauf, und schrieb mir, nachdem ich den Zuschlag erhalten hatte: „Gott hat Sie erwählt." Das Auto könne ich mir bei der nächsten Pfarre abholen, und als kleinen Bonus bot er mir eine kostenlose Papamobilweihe an. Also, dieser Ratzi1927 bekam von mir auf eBay eine volle Empfehlung. „Gerne wieder!", schrieb ich. Worauf er sich bedankte und meinte, in Anbetracht seines Alters müsse ich mich damit beeilen. Und nun steht dieses fahrende Glashaus tatsächlich vor meiner Haustür. Einige Papamobilfeatures sind wirklich erwähnenswert. Die Innenbeleuchtung funktioniert über eine Sprachsteuerung und schaltet sich erst nach den Worten „Es werde Licht!" ein. Unter dem Fahrersitz befindet sich ein Gotteslob, der Anschnallgurt besteht aus einer samtenen Stola und die Zündkerzen sind mit einer Alpha-und-Omega-Gravur versehen. Die Bedienungsanleitung enthält die Empfehlung, in den Kühlbehälter ausschließlich Lourdeswasser zu füllen, und einen Verkehrskatechismus: Falls ein anderer Autofahrer in den linken Kotflügel reinkracht, möge man auch den rechten hinhalten; oder Gebote wie „Du sollst Schraube und Mutter ehren". An das Navigationssystem muss man sich gewöhnen. Es umfährt Moscheen großräumig und verorientiert sich gerne. Statt einem „Sie haben Ihr Ziel erreicht" erschallt dann nur ein „Die Wege des Herrn sind unergründlich". Bisher wollte keiner meiner Bekannten für eine Spritztour im Glassturz Platz nehmen. Deswegen habe ich diesen jetzt mit Wasser gefüllt. Meine neuen Goldfische genießen jede Ausfahrt.

FRÜHER UND SPÄTER

„Im 16. Jahrhundert galt in Frankreich rohes Katzenfleisch als wirksames Mittel gegen Asthma. War jedoch gerade keine Katze verfügbar, sollte man den Schaum vorm Maul eines Maultiers trinken. Später hielt man es in England für bewiesen, einen Masernkranken heilen zu können, indem man ihm ein lebendes Schaf ins Bett legte. Im Mittelalter hat man sich in Deutschland bei Zahnschmerzen eine Kröte ins Gesicht gebunden. In Japan drohte man Obstbäumen mit einer Axt, weil die Bäume dann angeblich besonders viele Früchte trugen. In russischen Dörfern rollten die Frauen den Priester im Frühjahr über die keimende Saat, um das Wachstum zu beschleunigen. Um Kopfschmerzen zu lindern, atmete man im alten Ägypten den Rauch von brennenden Sandalen ein. Die alten Römer vermuteten, man könne trübe Gedanken verscheuchen, indem man einen Finger mit Spucke anfeuchtete und sich damit hinterm Ohr kratzte. Die Massai in Ostafrika waren sich sicher, dass Kinder, die mit ihrem Schatten spielen, Bettnässer werden. In Portugal hielt man es für unbestreitbar, dass ein Mann seiner Frau die Geburtswehen erleichtern könne, indem er einen Ziegel von einem Kirchendach holte, diesen in die Höhe hielt und wendete. In Mexiko galt es als gesichert, dass jedem, der ein Tier bei der Darmentleerung beobachtet hatte, ein Gerstenkorn wachsen würde.

In Zentraleuropa wurde von Ärzten bei Kahlköpfigkeit empfohlen, eigene Schamhaare in eine frisch gekochte Hühnersuppe zu rühren und diese dann zu genießen." Mit diesen Geschichtsfragmenten unterbrach ich neulich eine ältere, neben mir auf der Parkbank sitzende Dame. Sie hatte mir nämlich kurz davor folgenden Satzanfang ins Gesicht geschmettert: „Früher war alles besser ..."

ABSCHIED VOM ABSCHIED

Letzte Woche durchforstete ich meinen Kleiderschrank. Ich versuchte, mit diesem leicht spießigen Frühjahrsritual Platz für neue Mode zu schaffen. Es gibt auch in meinem Kasten etliche Kleidungsstücke, deren einzige Funktion es ist, die Mottenkugeln bei Laune zu halten. Als da Hemden & Co vor mir auf dem Bett lagen, erwachte in mir der Rechtsanwalt meines Gewandes. Ich begann, jedes Kleidungsstück zu verteidigen: „Das wird noch modern, das ist auf alle Fälle was für die Gartenarbeit, das kann ich zumindest noch im Fasching verwenden." Das Einzige, was ich vor meinem geistigen Auge bereits in der Entsorgungs-Box sah, war meine Übergangsjacke. Das liegt daran, dass mich der korrekte

Umgang mit einer Übergangsjacke völlig überfordert. Sie ist weder Fisch noch Fleisch. Man trägt sie frühestens im Mai, jedoch spätestens im Juni. In ihr war mir bis jetzt immer zu kalt oder zu warm. Ich besitze zu Hause vier Laden. Für jede Saison eine. Dadurch schwebt die Übergangsjacke sortiertechnisch seit Jahren im nicht zuordenbaren Raum. Da ich für sie keinen Stauraum besitze, muss ich sie meistens tragen. Trotzdem ist letzte Woche bei mir die Entscheidung über den Verbleib zugunsten der Übergangsjacke gefallen. Aufgrund des Klimawandels hoffe ich, dass sie in ein paar Jahren entweder dem Sommer oder dem Winter zurechenbar sein wird. Nachdem ich wieder alles in den Kasten zurückgeräumt hatte, wurde mir klar, dass ich nicht Abschied nehmen kann. Ich glaube, vielen Menschen fällt es schwer, dem Gewand, der Jugend oder Standpunkten pfiat di und baba zu sagen. Vielleicht können wir uns das auch zunutze machen. Stellen Sie sich vor, ein anderes Land würde zu uns sagen: „Wir nehmen euch die Regierung weg!" Wahrscheinlich würden wir beginnen, Spindelegger und Faymann zu verteidigen. Vermutlich sogar mit den gleichen Worten, mit denen wir auszusortierende Mode verteidigen: „Die werden noch modern, die sind auf alle Fälle was für die Gartenarbeit, die können wir zumindest im Fasching verwenden."

HOBBY 2.0

Bei Einschlafstörungen blättere ich gerne in der alten Briefmarkensammlung meines Großvaters. Ich bewundere weniger die Auswahl als seine damalige Hingabe an dieses unvorstellbar öde Hobby. Wenn ich währenddessen gelegentlich aus dem Fenster blicke, sehe ich direkt auf ein Zimmer, in dem die ganze Nacht Licht brennt. Dieses gehört einem Jungen namens Nils. Als ich Nils neulich auf der Straße fragte, womit er sich zu später Stunde noch beschäftige, zog er aus den Hosentaschen unzählige USB-Sticks hervor und meinte: „I saug ma des Internet runter. Auf denen is´ scho´ fast ganz Hollywood oben. Von ‚Der große Diktator' bis zu ‚Avatar 2'." „Avatar 2 wurde doch noch gar nicht gedreht", warf ich ein. „I hab ihn trotzdem", erwiderte Nils, „i saug schneller als die filmen." „Ist das nicht Diebstahl?", versuchte ich es pädagogisch. „Wieso? Beim anderen ist der Film ja ned weg. Schau, wenn i deinen Tresor ausräume und der is´ danach genauso voll, is´ des dann Diebstahl?" „Das kann man nicht vergleichen", konterte ich. (Diesen Satz entgegnen Erwachsene immer, wenn im Argumenteköcher kein Pfeil mehr steckt.) „Und, Nils, welcher ist dein Lieblingsfilm?", zeigte ich mich interessiert. „Weiß nicht, ich hab noch keinen gesehen. Ich will sie nur sammeln." Nach dem Gespräch wurde mir eines klar. Filme sind die neuen Briefmarken. So hätte ich das auch meinem Großvater erklären können. Wahrscheinlich hätte er nachher nur die USB-Sticks in ein Album eingeklebt.

SEHNSUCHT SCHLIESSMUSKEL

Supermärkte, Fahrstühle und Restaurants quälen uns permanent mit Musik. So weit, so schlecht. Doch die allerschlimmsten Geräuschterroristen hören auf den Namen Kinder. Zusätzlich zu deren Eigenklang dröhnt noch künstlich erzeugter aus deren Spielzeug. Am Anfang freut man sich noch mit der Brut über den Klang des Stoffpinguins. Man denkt sich: „Hurra, der Pinguin trällert Hänschen klein, den Kuckuck, den Butzemann!", jedoch spätestens nach zwei Tagen betet man, dass die Werbung für Duracellbatterien in puncto Haltbarkeit schwindelt. Meiner bisherigen Erfahrung nach kann man singenden Stoffpinguinen einiges vorwerfen, nur etwas sicher nicht: mangelnde Beharrlichkeit. Nach einer Woche besucht man als erschöpfter Vater erneut das Spielwarengeschäft und sagt: „Mir ist völlig wurscht, was Sie mir verkaufen, Hauptsache, es besitzt einen Lautstärkeregler." Solche Produkte sind leider rar gesät. In unserer

Gesellschaft wird die Stille als Geräusch nicht mehr akzeptiert. Diverse Wellnessbereiche in der steirischen Thermenregion werden mit Boxen verschlechtert. Als ich in Bad Loipersdorf im Entspannungsraum lag, ertönte aus den Deckenlautsprechern Figaros Hochzeit, vorgetragen von vier Panflöten. Da befand ich mich also in einem Entspannungsraum und umklammerte innerlich köchelnd mit beiden Händen die Armlehnen einer Plastikliege. Ich finde, ein Entspannungsraum, in dem man sich eine Pumpgun wünscht, erfüllt nicht seine Funktion. Mittlerweile jodelt uns Menschen alles an. Vielleicht verkauft man uns alsbald Brieflose, die einem nach dem Öffnen: „So You Win Again“ entgegenschmettern. Oder singende Zahnprothesen, die dem Kiefer den Ambros-Hit: „Langsam wochs´ ma z´amm“ vortragen. Deswegen wünsche ich mir von der Evolution, dass man den menschlichen Ohren endlich Schließmuskeln schenkt. Bitte möglichst bald. Meine Tochter hatte nämlich gestern Geburtstag. Ihr Taufpate schenkte ihr einen mit Batterien ausgestopften Stoffpinguin. Bei der Übergabe fügte er begeistert hinzu: „Der kann sogar Panflöte spielen!“

GRIASS DI & CO

Vor Kurzem erhielt ich von meinem Vater einen Brief. In diesem warf er mir vor, dass ich vor vielen Jahren sein Genmaterial raubkopiert hätte. Eine finanzielle Abgeltung fand jedoch bis jetzt noch nicht statt. Des Weiteren kreidete er mir an, dass ich auch sein Fingerschnipsen, seinen Seitenscheitel und sein Schmatzen rechtefrei übernommen hätte. Er biete mir einen Vergleich an, wäre aber auch bereit, vor Gericht zu ziehen. Er habe seine Rechtsanwälte bereits in Stellung gebracht. Am Ende des Schreibens merkte mein Vater an, dass ihn die Handybranche auf die Idee einer Urheberrechtsklage gebracht hätte. Sein Vergleich lautete: Er sei Apple und ich sei Samsung. Mein Vater beendete den Brief schließlich mit „Griass di Gott". Mit der Ergänzung „Gott" ist diese Grußformel ganz offensichtlich urheberrechtlich noch nicht geschützt. Nach längerem Nachdenken wurde mir eines klar: Mein Vater hat recht. Ich bin kein Original. Als Kind hatte ich einen um zwei Jahre älteren Freund. Er hieß Mike und war mein Vorbild. Allein der Name Mike war Grund genug, ihn zu bewundern. Da schwingt der Sound eines amerikanischen Truckerfahrers mit, der auf der staubigen Route 66 in den Sonnenuntergang fährt. Ein Gefühl, dass ein Ferdinand nie kennenlernen wird. Mit diesem Namen assoziiere ich eher einen Schulmilchauslieferer, der sich seit einer Stunde in einem rostigen Mopedauto auf der Breitenfurter Straße nach vorne staut. Egal, ich trug das gleiche Gewand wie Mike, hörte dieselbe Musik und versuchte sogar, seinen Gang zu imitieren. Ich kopierte ihn bis in die kleinste Faser. Eine Tantiemenforderung stellte Mike nie. Vielleicht war er sich dafür zu cool. Vielleicht wusste er aber auch gar nicht, was Tantiemen sind. Die ganze Schulzeit verlief bei den meisten Jugendlichen im Copy & Paste-Verfahren. Ich war im selben Jahr hintereinander Skater, Grufti, Mod und Existenzialist. Als Adoleszenter hechelt man eben permanent dem Zeitgeist nach. Als Kopiervorlage sucht man sich in der Regel einen Jungen, der Mädchengesichter rot anlaufen lässt. Doch sämtliche meiner Vorbilder waren bei näherer Betrachtung wiederum stets Kopien. Mittlerweile bin ich der festen Überzeugung, dass jeder Mensch ein Remix seiner Beeinflusser ist. Vermutlich gibt es auf der ganzen Welt nur ein einziges Original: Adam. Selbst Eva muss mit dem Vergehen leben, dass sie aus dessen Rippe geschaffen wurde. Wahrscheinlich ist dieses Ereignis die Wurzel aller Urheberrechtsstreitigkeiten. Aufgrund des Trends der letzten Jahre, immer mehr Prozesse zu führen, welche den Vorwurf „Ich war zuerst da!" zum Inhalt haben, wird uns in Zukunft noch einiges bevorstehen. Die Parkettlobby wird die Laminatindustrie verklagen, da diese mit dem Slogan „Fast schon ein Parkett" wirbt. Da die Rechte auf das Weihnachtsfest eindeutig bei Jesus liegen, wird die Kirche in den kommenden Jahren der Geschenkeindustrie jeden Dezember einen saftigen Erlagschein schicken. Verkleide ich mich bei einem Faschingsfest als Marienkäfer, wird der Käferschutzverband als dessen Interessensvertreter den Rechtsweg beschreiten. Man wird in Zukunft versuchen, Formulierungen wie „Der Mann schaut aus wie ..." oder „Der Musiker klingt genau wie ..." tunlichst zu vermeiden. Die Namen, die nach dem „wie" stehen, werden ansonsten alle ein Vermögen verdienen. Wenn man derzeit in die Google-Suchzeile die Formulierung „wurde inspiriert von" eintippt, erhält man 1,7 Millionen Treffer. Die werden alle in Kürze eine E-Mail mit der Betreffzeile „Wir sehen uns vor Gericht" erhalten. Als ich dann neulich auch noch las, dass wir in den nächsten Jahren im Universum eine zweite Erde entdecken könnten, wurde mir eines sofort klar. Als Erstes schicken wir denen einen Rechtsanwalt.

DER SCHICKSALS-JOYSTICK

Der ehemalige Wimbledon-Sieger Goran Ivanišević trat bei einem Match zwischen den Ballwechseln nie auf die Linien, sortierte beim Service immer vier Bälle aus, bevor er mit dem fünften aufschlug, und schaute sich vor jedem Finale im Fernsehen die Teletubbies an. Dagegen wirkt ein Rafael Nadal, der sich in der Pause damit beschäftigt, seine Trinkflaschen parallel auszurichten, richtig harmlos. Beide Tenniscracks eint der Wunsch, mit diesen Glücksritualen das Schicksal zu beeinflussen. Also ganz ehrlich, wenn das funktioniert, muss das Schicksal ein unvorstellbarer Trottel sein. Doch Menschen wollen immer Einfluss auf das Leben ausüben. Ein schönes Beispiel ist hier der Fußgängerampelknopf. Auch mich begeistert die Vorstellung, dass mein kleiner Daumen einen riesigen Sattelschlepper zum Stillstand bringen kann. Bei manchen militanten Fußgängern entfacht dieser Machtschalter eine derartige Leidenschaft, dass sie ihn im Dauerfeuer betätigen. Die selbstgestrickte Logik lautet: Je öfter ich drück, um so früher geht´s für mich weiter. Ein jugendlicher, neben mir stehender Fußgänger erklärte den Schalter seiner Freundin mit den Worten: „Baby, your finger must burn." Die Wahrheit lautet nur: Der Fußgängerampelknopf bringt nichts. Bei 90% der Fußgängerampeln handelt es sich dabei um einen Schalter, der mit nichts verbunden ist, außer mit dem guten Gefühl. Es ist ein Placebotaster. Laut neuesten Untersuchungen sind solche auch in etlichen Aufzügen und bei Büroklimaanlagen angebracht. In unserer Gesellschaft gibt es Knöpfe, die uns verarschen, damit es uns besser geht. Es bringt angeblich auch nichts, kräftiger zu würfeln, wenn man sich beim Pokern ein Grande wünscht, oder in Richtung des Autobusses zu blicken, damit er früher kommt. Bei all diesen Ritualen windet sich das Schicksal vor Lachen am Boden. Ich habe den Eindruck, dass in meinem Leben mein Einflussradius bei der Frage, ob ich bei meinen Sportschuhen zuerst das rechte oder das linke Schuhband binde, endet. Übrigens, ich binde immer zuerst das linke. Weil das soll beim Tennis Glück bringen.

DIE WAHLFAMILIE
(EINE KURZGESCHICHTE)

Den Sommer des Jahres 1992 verbrachte ich in Spanien. Meine Eltern hofften, dass sich ein Urlaub mit dem Erlernen einer Fremdsprache verbinden ließe. Ich selbst war eigentlich mit meinem Schulspanisch durchaus zufrieden. Es ermöglichte mir, diverse alkoholische Getränke zu bestellen und südländische Frauen mit Komplimenten zu beglücken. Mein Standardschmeichler lautete: „En tus grandes ojos negros se sumerge mi mirada, mi corazón y al final mi vida entera." Das heißt so viel wie „In deinen rehbraunen Augen versinkt zuerst mein Blick, dann mein Herz und schließlich meine Welt." Im Nachhinein gebe ich zu, dass diese Formulierung zumindest 99 Punkte auf der bis zu 100 Punkten reichenden Rosamund-Pilcher-Kitschskala erhält, doch ich war halt jung und brauchte die Liebe. Außerdem klingt dieser Satz auf Spanisch wirklich poetisch. Das Ziel meiner Reise war Jerez de la Frontera. Mitten in Andalusien, spanischer geht es wohl kaum, argumentierten unentwegt meine Eltern. Am Vormittag war ein Kurs angesagt, und den Nachmittag sollte ich mit einer spanischen Großfamilie verbringen, bei der ich gleichzeitig wohnte. Vor meinem geistigen Auge tauchten fünf atemberaubend schöne Señoritas auf, die vor mir auf einer Sonnenterrasse lagen und denen ich hintereinander den Rücken einschmierte. Jeder würde ich nach dem Schließen des Bikinioberteils ins Ohr flüstern: „En tus grandes ojos negros se sumerge mi mirada, mi corazón y al final mi vida entera." In der Jugend muss man halt seine Liebesbekundungen etwas breiter streuen. In der Nacht vor meinem Abflug konnte ich kaum einschlafen. Die Hoffnung auf einen aufregenden Sommer ließ mich zur Decke starren. Als mich mein Vater dann des Morgens zum Flughafen fuhr, bat ich ihn, bei einem Blumengeschäft zu halten. Ich wollte noch unbedingt fünf rote Rosen besorgen. Während des ganzen Fluges klammerte sich meine schwitzende linke Hand an diese Blumen. Den Höhepunkt erreichte meine Aufregung schließlich bei der Gepäckausgabe auf dem spanischen Flughafen. Zuerst ließ ich meinen Koffer versehentlich zwei Ehrenrunden auf dem Förderband drehen, und als mich von meinem sommerlichen Glück nur noch eine Schiebetür trennte, flüchtete ich auf die Toilette. Ständig schwirrte derselbe Satz durch meinen Kopf: „Für den ersten Eindruck kriegt man keine zweite Chance!" Vor dem Spiegel kämmte ich mein Haar in sämtliche mögliche Richtungen, bis ich zur Erkenntnis gelangte, dass mir meine Baseballmütze am besten stand. Vielleicht gelte ich dann gleich als der coole Österreicher, hoffte ich. Nachdem sich die Schiebetüren zum Ausgang auseinanderzogen, schloss ich kurz die Augen, ging zwei Schritte weiter und öffnete diese wieder. „Willkommen im Paradies", dachte ich mir. Doch das Paradies war ... wie soll ich sagen ... es war leer. Kein Mensch wartete dort. Mein Blick suchte vergeblich nach fünf hübschen Spanierinnen. Er fand nur zwei Mistkübel, und dazwischen eine unbesetzte blaue Plastikbank. Bloß hinter einer Säule versteckte sich ein junger Mann, der eine Tafel hochhielt. Auf dieser stand: „Claudia". Verdammt, auch nicht für mich, dachte ich mir. Ich lehnte mich an die andere Seite der Säule und wir warteten gemeinsam. Er mit seinem Schild, ich mit meinen Blumen. Nach ungefähr zwanzig Minuten drehte ich meinen Kopf in seine Richtung und offenbarte dem Mann einen Auszug aus meinem Schulspanisch: „Frauen lassen einen immer warten!" Dieser Satz war meiner Einschätzung nach ein starker Anfang für ein Männergespräch. Es war zwar kein direkter Treffer ins Schwarze, aber zumindest erntete ich ein knappes „Si!". Danach ergab sich folgender Dialog: Ich: „Woher kommt diese Claudia?" Er: „Aus Wien!" Ich: „Wirklich, ich auch!" Danach schwiegen wir wieder. Ich nutzte die Zeit, um gedanklich neue spanische Sätze zu konstruieren. Ich: „Wie heißt die Claudia mit Nachnamen?" Er: „Claudia Eckel." Ich: „Das gibt es nicht, ich heiße auch Eckel." Er: „Was? Du bist Claudia?" Ich: „Nein, ich heiße Klaus." Er: „Wer soll dich abholen?" Ich: „Eine gewisse María García." Er: „Nein, ein gewisser José María García. Das bin ich." Ich: „Ich dachte, du bist eine Frau." Er: „Ich dachte, du bist eine Frau." Die beiderseitige Enttäuschung war uns ins Gesicht geschrieben. Um diesen Moment der Verlegenheit nicht unnötig in die Länge zu ziehen, gab ich ihm die rechte Hand und lächelte gekünstelt. Der junge Spanier schüttelte sie kurz und starrte mich dabei ausdruckslos an. Um die Stimmung aufzulockern, präsentierte ich ihm auch meine linke Hand und fragte: „Rosen?"

In den nächsten zwei Wochen wurde meine Erwartungshaltung scheibchenweise von der Realität ausgenüchtert. Die fünf Schwestern waren in Wahrheit sieben Brüder im Alter zwischen fünf und zweiundzwanzig Jahren. Außerdem lebten in dem mehrstöckigen Haus noch die Eltern Miguel und Sofía, eine Tante María, ihr Mann, Onkel Javier und die Oma Carmen. Im ehemaligen Zimmer der anderen, bereits verstorbenen Großmutter Marta musste ich schlafen. Es war eine kleine, muffige Kammer mit einem knarrenden Bett und einem grausam bemalten Bauernkasten. Schon bei Betreten des Zimmers breitete sich ein unangenehmer lavendelartiger Geruch aus, den ich sofort rauszulüften versuchte. Vater Miguel meinte, dass sei zwecklos, da sich Martas Geist mehrmals täglich parfümiere. Doch nicht nur ihr Geruch war präsent. An einer Wand hing ein riesiges, gemaltes Bild von ihr. Darauf stand sie mit einem Stock in der Hand vor einem Orangenbaum. Ihr strenger Blick richtete sich direkt auf mein Bett. Mutter Sofía meinte, es wäre Martas Wunsch gewesen, dass nach ihrem Tod dieses Bild hängen bleiben solle. Sie wollte damit sicherstellen, dass es in ihrem Zimmer zu keinen unzüchtigen Handlungen komme. Ich war fassungslos. In meinen Träumen erwachte ich jeden Morgen neben einer jungen, sinnlichen Spanierin, und jetzt sollte ich stattdessen in die Augen einer verblichenen Lustkillerin blicken? Ich wollte mich wirklich nicht einen ganzen Sommer lang von einer Verstorbenen erziehen lassen. Als ich dann im Bett lag und Marta mich anstarrte, nahm ich mir vor, dass am nächsten Tag meine erste Frage an den Lehrer lauten würde: „Was heißt auf Spanisch: Kann ich das Bild umdrehen?"

Meinen Spanischkurs besuchten noch fünf andere internationale Sprachschüler mit mir, deren sprachliches Niveau jedoch recht unterschiedlich war. Angie aus Manchester konnte Gedichte von Federico García Lorca aus dem Stegreif übersetzen, während Armin aus Paderborn sogar bei „Vamos a la playa" im Wörterbuch nachblätterte. Den Lehrer Eric verstanden wir alle nicht. Erst nach zwei Wochen fanden wir den Grund dafür heraus. Er sprach mit uns die meiste Zeit Katalan. Da Eric ursprünglich aus Barcelona stammte, hielt er es für seine Pflicht, internationalen Studenten seine Heimatsprache zu vermitteln. Auf unseren Einwand, dass wir eigentlich einen Spanischkurs gebucht hätten, meinte er nur: „Spanisch wird überbewertet." Wenigstens sagte er diesen Satz auf Spanisch. Doch eines lernte ich. „Pots girar el quadre?" heißt „Kann ich das Bild umdrehen?" – nur leider auf Katalan. Deswegen schlief ich weiterhin unter den wachsamen Augen der verstorbenen Großmutter.

Ihren Schwiegersohn Miguel dürfte deren Blick nie genauer ins Visier genommen haben. Der Eifer und er gingen im Alltag getrennte Wege. Die überaus redselige Tante María beschrieb ihn mir einmal so: „Miguel ist sicher chaotisch, tollpatschig und faul, aber er hat auch seine schlechten Seiten.“ Meiner Beobachtung nach bestand Miguels Hauptanstrengung darin, angestrengt zu wirken. Jeden Teller, den er vom Wohnzimmer in die Küche brachte, bejammerte er über die ganze Wegstrecke. Das tat er stets lautstark. Er wollte, dass die ganze Familie seine Mithilfe zur Kenntnis nahm. Anscheinend war ihm sein Image als arbeitsscheues Familienmitglied durchaus bewusst. Miguel befand, dass seine Hauptaufgabe in der Unterhaltung der anderen Familienmitglieder liege. Er erzählte beim Essen unentwegt Witze, bei denen er entweder die Pointe vergaß oder ihm nur die Pointe einfiel. Auf alle Fälle war es für den Zuhörer eine Loose-loose-Situation. Die Schwäche in der Erzählkunst versuchte Miguel mit Grimassen zu kompensieren. Die Kinder lachten unentwegt, und wir ließen uns zumindest davon anstecken. Die Stimmung schaukelte sich dadurch gelegentlich hoch und Miguel war sich sicher, dass seine abgelieferten Beiträge dafür verantwortlich waren. Nach jeder Mahlzeit streichelte er sich noch ein paar Minuten über seinen Bauch und blickte zufrieden in die wohlgelaunte Runde. Danach zog er sich mit der Anmerkung, dass er ein wenig nachdenken müsse, in sein Zimmer zurück. „Miguel“, rief ihm dann seine Frau Sofía meist nach, „du bist der einzige Mensch, der beim Nachdenken schnarcht.“

Für die Binsenweisheit, dass Gegensätze einander anziehen, stand die Beziehung zwischen Miguel und Sofía Pate. Die Mutter war unentwegt am Arbeiten. Sie managte den Haushalt und betrieb in der Gegend noch drei Blumenhandlungen, die als Haupteinnahmequelle der Familie García galten. Jeden Morgen nach dem Frühstück bekam jeder von ihr einen Zettel mit zu erledigenden Aufgaben. Sogar Miguel nahm diesen widerstandslos hin. Sein Zettel war jedoch immer der kürzeste. Er verbeugte sich danach stets und murmelte ein „Danke, meine Präsidentin" zu Ihren Füßen. Sofía wurde von fast allen Familienmitgliedern „la presidenta" genannt, und ich war mir sicher, das sei in Spanien die liebevolle Bezeichnung für eine engagierte Partnerin, Mutter und Geschäftsfrau. Die Söhne wurden von Sofía streng erzogen und Vergehen zumeist mit Konsequenzen bedacht. Die Kinder suchten deswegen bei dem Wunsch nach Strafmilderung immer ihren Vater auf. In der Regel bestrafte Miguel dann den Übeltäter mit einem Witz. Wenn der Sohn an der richtigen Stelle lachte, erteilte er Amnestie. Manchmal riss er zusätzlich seinen von Sofía erhaltenen Aufgabenzettel entzwei und überreichte den größeren Teil seinem reumütigen Sprössling. „Als Buße musst du das erledigen", meinte dann Miguel. „Das wäre der ausdrückliche Wunsch der Mutter. Von dem sie jedoch bitte nichts erfahren darf."

Zwischen dem Ehepaar García herrschte zumeist eine liebevoll angespannte Stimmung. Eine Atmosphäre, die ich bei österreichischen Paaren noch nie beobachten konnte. Entweder begegnet man sich bei uns „liebevoll" oder „angespannt". Gelegentlich rügte Sofía ihren Mann für seine Trägheit und hielt dabei seine Hand. Miguel versuchte währenddessen, alle Anschuldigungen mit Gegenvorwürfen abzuschmettern. Am Ende der Diskussion küssten sie sich meist innig. Tante María meinte achselzuckend, dass ihre erste Begegnung genauso abgelaufen wäre. Liebevolle Anspannung ist der Kitt, der die beiden seit fünfundzwanzig Jahren zusammenhält.

Sofía fühlte sich in dem Sommer auch für mein Spanisch verantwortlich. Jeden Nachmittag musste ich mich durch ihre Frauenzeitschriften quälen und mit einem rosa Leuchtstift die mir unbekannten Wörter markieren. Diese wurden dann am Abend besprochen. Das verbesserte auch wirklich meine Fremdsprachenkenntnisse. Jedoch hauptsächlich in den Themenbereichen Schwangerschaftsyoga, Cellulitebehandlung und Fruchtsäurekosmetik. Die männlichen Familienmitglieder konnten sich Ihr Lachen kaum verkneifen. „Rosa Leuchtstifte verwenden nur Mädchen und Schwule", meinte Pedro spöttisch. „Und Österreicher", ergänzte grinsend sein Bruder José.

In den ersten Wochen bestand mein Alltag in Spanien somit aus folgendem Rhythmus: Katalankurs am Vormittag, Frauenmagazine am Nachmittag und Martas strenger Blick in der Nacht. Das hatte ich mir anders vorgestellt. Gelegentlich suchte ich am Abend in der Innenstadt eine Tapasbar auf. Die waren gut gefüllt. Jedoch mit anderen Sprachstudenten. Die schönen Spanierinnen dürften aufgrund dieser Invasion die Flucht ergriffen haben. Den Satz „En tus grandes ojos negros se sumerge mi mirada, mi corazón y al final mi vida entera" konnte ich bis zu diesem Zeitpunkt noch nicht anbringen. Bei einer jungen Frau stand ich kurz davor. Aber dafür hätte ich ihn ins Holländische übersetzen müssen. Ich verzichtete. Der Klang dieser Sprache tritt der Erotik in den Hintern.

Als ich eines Morgens meine modrige Kammer verließ, war ich wirklich überrascht. An der gegenüberliegenden Wand war ein Plakat angebracht. Auf diesem war Miguel mit ausgestrecktem Daumen abgebildet. Darüber stand der Slogan: „Ehrlich, kompetent, zuverlässig". Dass Miguel ein andalusischer Lokalpolitiker gewesen wäre, war mir bis zu diesem Zeitpunkt nicht bekannt. Es erklärte mir jedoch wenigstens, warum er so viel Zeit hatte. Als ich Pedro dann in der Küche darauf ansprach, für welche Partei Miguel kandidiere, meinte er: für gar keine. Er wolle dieses Jahr der Präsident der Garcías werden. „Der Präsident von wem?", fragte ich nach. „Von uns", antwortete Pedro. „Wir wählen jeden Sommer im Juli unser Familienoberhaupt. Es gibt immer die gleichen Kandidaten, Sofía und Miguel. Der Sieger ist dann ein Jahr im Amt. Derzeit ist Sofía die Präsidentin und Miguel in Opposition." „Das kann aber nicht euer Ernst sein?", vergewisserte ich mich. „Und ob! Ab heute beginnt der Wahlkampf. In zwei Wochen wird gewählt." „Weißt du schon, für wen du stimmst?", erkundigte ich mich. „Das ist erstens geheim und zweitens weiß ich es noch nicht. Ich muss mir die Kandidaten erst ansehen", erwiderte Pedro. „Aber die kennst du ja schon seit über zwanzig Jahren", entgegnete ich. „Schon, aber so ein Wahlkampf hat eigene Gesetze."

Beim darauffolgenden Mittagessen war die Stimmung von Anfang an etwas aufgewühlt. Die Familienmitglieder saßen um den etwa zehn Meter langen Esstisch und flüsterten einander etwas zu. Sofía betrat das Wohnzimmer und hielt eine riesige Paellapfanne in ihren Händen. Die Söhne Mario, Carlos und Jorge trabten hinter ihr her und brachten Teller, Salate und Getränke. Nachdem alle bereits Platz genommen hatten, erschien Miguel. Er streckte zuerst seinen Kopf lächelnd bei der Tür herein, öffnete diese dann und präsentierte sich in einem neuen, dunkelgrauen, dreiteiligen Anzug. Die Anspannung war nicht nur im Raum, sondern auch bei seinen Westenknöpfen bemerkbar. Um wirklich zu passen, hätten dem Anzug zwei weitere „X" vor dem „Large" gutgetan. Der Großmutter Carmen fiel beim Anblick ihres Sohnes vor Lachen fast das Gebiss in das vor ihr stehende Weinglas. Sofía meinte: „Miguel, dieser Anzug hätte dir doch nicht einmal zur Firmung gepasst." „Ah", erwiderte Miguel, „der politische Gegner wird untergriffig! Ich möchte meinen zukünftigen Wählern mit Stil begegnen." Darauf Sofía: „Sicher, aber wasch dir vorher die Zahnpasta von der Wange." Die Mutter hatte die Lacher auf ihrer Seite. Miguel wischte sich mit einer Serviette mürrisch über sein Gesicht und setzte sich auf seinen Stuhl. Danach wechselte er ansatzlos in einen Wahlkampfgrinser. Miguel: „Bin gespannt, was es heute zu essen gibt – ah,

Gemüsepaella! Schon wieder! Ich finde, ab jetzt sollte es heißen – Montag ist Salamipizzatag!" Die Söhne jubelten kurz auf. Sofía unterbrach die aufkeimende Stimmung. „Nein, gerade am Anfang der Woche braucht die Familie etwas Anständiges im Magen. Salamipizza ist nicht gesund." „Gesund ist, was schmeckt!", entgegnete Miguel. Er blickte dabei in die Runde und ließ sich vom eifrigen Nicken seiner Söhne bestätigen. „Das ist übrigens auch in der Gesundheitspolitik mein neues Programm. Jeder eurer Mägen weiß ganz genau, was er braucht. Und ich finde, das sollte er auch bekommen!" Carlos, Miguel und Rubén motivierte diese Ansage sogar zu einem kurzen Applaus. José flüsterte mir ins Ohr: „Der Vater spielt gleich ein starkes Wahlkampfthema aus: Ernährung. Da steht die Mutter bei den Fleischtigern schon länger unter Kritik." Tante María ergriff für Sofía Partei: „Also mir ist mit Pizza nicht gedient. Wie siehst du das, Carmen?" Carmen: „Unterm Franco hätte es das alles sowieso nicht gegeben." Miguel, der bemerkte, dass die weibliche Wählerschaft mit der Pizzaansage nicht zu gewinnen war, versuchte es diplomatisch: „Es soll im Bereich Nahrungsaufnahme Pizza nicht als Pflicht verordnet, sondern als Option angeboten werden." Sofía: „Miguel, das ist schlimmste Politikersprache! Am Ende schmeißen wir von allem die Hälfte weg. Das ist nicht wirtschaftlich!" Miguel: „Wir dürfen uns in der Familienpolitik von ökonomischen Zwängen nicht einengen lassen. Sofía, du weißt, Zukunft braucht Wandel!" Pedro drehte sich zu mir und erklärte erneut: „Mit dem Geschwafel schreckt Vater immer wieder potenzielle neue Wähler ab. Die Ansage: ‚Salamipizza für alle' hätte gereicht!" Danach aßen wir in überraschend ruhiger Atmosphäre. Miguel verschonte uns sogar mit seinen Witzen. Sein grinsendes Gesicht streifte jedoch mehrmals die Runde. Nachdem er dann als Erster aufgestanden war, verhielt er sich ungewöhnlich. Er verabschiedete sich von jedem Familienmitglied mit Handschlag und betonte: „Nicht vergessen. Miguel García. Liste 2." Am Ende küsste er seine Frau und sagte lautstark: „Liebe Sofía, auch wenn uns ideologisch so manches trennt: Ich liebe dich und ich liebe meine Familie. Ich liebe euch alle!" Es folgte eine pathosgeschwängerte Pause, die sich Miguel anscheinend von amerikanischen Wahlkämpfen abgeschaut hatte. Pedro: „Papa, wir wissen, du hattest eine schwere Kindheit, kommst aus armen Verhältnissen, aber die Familie gab dir die Kraft, dich emporzuarbeiten." Miguel wirkte erstaunt: „Woher weißt du das?" Pedro: „Das war die Rede vom letzten Jahr." Miguel versuchte es schlagfertig: „Da merkt ihr, wie verlässlich ich bin! Miguel García – Werte brauchen Beständigkeit." Danach klopfte er seiner Frau noch auf die Schulter, blickte in die Runde und sagte zu der gerade Wassermelone essenden Sofía: „Liebling, möge der Engagiertere gewinnen!" Sofía: „So etwas sagst du, bevor du schlafen gehst? Da hast du jetzt schon verloren!" Wieder breitete sich im Zimmer lautes Gelächter aus. „Nachdenken, ich gehe nachdenken", murmelte Miguel, bevor er die Tür zum Speisezimmer schloss. Antonio meinte: „Letztes Jahr hat der Papa immer Luftballons aufsteigen lassen!" Tante María: „Stimmt. Die waren gefüllt mit der heißen Luft seiner Reden." Sofía ergänzte: „Warte ab, Antonio, in den nächsten zwei Wochen wird dein Vater davon wieder genug produzieren. Wir müssen aufpassen, dass das Haus nicht abhebt." Keiner, sogar der ansonsten immer finster dreinblickende Onkel Javier, konnte sich ein Lachen verkneifen.

Am nächsten Morgen klopfte es sehr zeitig an meiner Tür. Als ich diese öffnete, stand Miguel davor. In seinem grauen Anzug – und ein aufdringlicher Lavendelgeruch kroch in meine Nase. Ich war mir sicher, dass er versehentlich im Bad zur Parfümflasche seiner verstorbenen Schwiegermutter gegriffen hatte. Miguel drückte mir einen Flyer in die Hand. Auf diesem war er vor einem Bücherregal sitzend abgebildet. Darüber stand geschrieben: „Wer weiß, was er weiß? Miguel García. Liste 2". Ich bedankte mich und fragte nach: „Warum haben Sie sich gerade vor einem Bücherregal fotografieren lassen?" Miguel: „Ein alter Freund von mir ist Imageberater und erwähnte, dass meine Werte bei Bildung und Überblick weit unter denen von Sofía liegen. Jetzt versuche ich nachzubessern." „Wäre es da nicht besser, Bücher zu lesen?", lag es mir auf der Zunge. Aufgrund der Tatsache, dass ich in seinem Haus wohnte, verschluckte ich jedoch die Antwort. Miguel: „Klaus, brauchst du noch einen Werbekugelschreiber?" Ich: „Äh, danke, ich bräuchte eher noch einen rosa Leuchtstift." Miguel: „Besorge ich. Andere Frage: Willst du meinen Wahlkampf unterstützen?" Ich: „Gerne. Ich wünsche Ihnen alles Gute!" Miguel: „Ich meinte finanziell." Ich: „Wie?" Miguel: „Ich bin gerade auf einer Spendentour durch alle Zimmer und wollte auch bei dir nachfragen." Ich: „Also, ich meine, ich bin doch selbst nur ..." Miguel: „Ich werde deine Interessen im Wahlkampf auch vertreten. Übrigens, welche sind das?" Ich: „Könnte man das Bild von Marta aus meinem Zimmer hängen?" Miguel zögerte, meinte jedoch schließlich: „Ja, selbstverständlich. Neue Kunst für eine neue Zukunft!" Ich: „Sehr gut, darf ich eigentlich überhaupt wählen?" Miguel antwortete nach einer weiteren kurzen Pause: „Über das Ausländerwahlrecht habe ich noch gar nicht nachgedacht. Für wen wirst du stimmen?" Ich: „Wenn Sie Präsident sind, wird das Bild von Marta sicher entfernt?" Miguel: „Du hast mein Wort. Einfach verlässlich, einfach Miguel." Ich: „Dann stimme ich für Sie." Miguel: „Gut, du bist wahlberechtigt!" Am Ende gab ich ihm noch 900 Peseten, die ich völlig zerknittert in meiner Hosentasche fand. Miguel: „Es dankt die Liste 2. Übrigens, Wahlkampffinanzierung ist zwar erlaubt, aber Sofía sollte davon bitte nichts erfahren." Danach schloss er die Tür.

In den nächsten Tagen bereute ich bereits meine Wahlkampfspende. Aufgrund dieser musste ich nicht nur Marta, sondern auch Miguel ständig in die Augen blicken. Überall hing seine Wahlwerbung. Auf der Toilette wurde fast jede Fliese mit einem seiner Flyer überklebt.

Es gab verschiedene Bildmotive: Miguel sitzt neben seiner Mutter Carmen, hält ihre Hand und hört verständnisvoll zu. Miguel liegt mit einem Baby auf einem Bärenfell vor dem Kamin. Er unterhält es mit einer Rassel. Das Groteske an diesem Bild war, dass zu seinen Füßen eine kleine Schildkröte saß. Wie ich später in Erfahrung bringen konnte, war ihm bei den Fotoaufnahmen der dafür vorgesehene Hund ständig weggelaufen. Auf einem Bild streckte er seine Hand über den Zaun und versuchte, den wegschauenden Nachbarn zu begrüßen. Darüber stand die Aufschrift: „Miguel García. Außenpolitisch eine Eins. Deswegen diesmal Liste 2."

Sofía verhielt sich währenddessen wie immer. Sie arbeitete, organisierte, rügte ihre Söhne und plauderte am Abend auf der Veranda bei einem Glas Wein mit Onkel Javier und Tante María. Miguel verärgerte diese Gelassenheit zunehmend. „Die geliehene Macht ist dem politischen Gegner zu Kopf gestiegen", meinte er. Miguel richtete sich auch direkt an seine Frau: „Sofía, du verpasst diesmal den Zeitpunkt, in den Wahlkampf einzusteigen!" „Warum?", antwortete Sofía. „Du bist doch bereits für mich tätig. Einen besseren Wahlkampfhelfer hätte ich nicht finden können." Tante María lachte dabei so laut auf, dass sich Miguel beleidigt in die Garage zurückzog. Dort bastelte er an seinem Wahlkampfstand weiter. Seine zwei jüngsten Söhne, der fünfjährige Antonio und der um ein Jahr ältere Rubén, standen ihm dabei stets zur Seite. Sie reichten ihm Nägel, Hämmer und gelegentlich auch das Verbandszeug. Die beiden bewunderten ihren Vater. Natürlich redete Miguel ihnen auch den ganzen Tag ein, dass er ein Genie sei, von Teilen der Familie verkannt werde, jedoch seine Zeit noch kommen werde. Doch es half nichts, die beiden zu beeinflussen, da das Mindestalter bei der Wahl acht Jahre betrug.

In den nächsten Tagen fanden zwischen den Türen etliche Diskussionen statt. Dank des Wahlkampfs fand auch ich verstärkt Anschluss an die Familie García. Nur der Onkel Javier sprach kein Wort mit mir. Er betrachtete mich meist argwöhnisch, und manchmal verließ er das Wohnzimmer, nachdem ich es betreten hatte. Pedro beruhigte mich: „Onkel Javier ist kein Herdentier. Er betrachtet sich selbst als einen einsamen Wolf, der ein Rudel am Hals hat." Miguel fand zu seinem Schwager auch keinen Zugang. Grund dafür war, dass Miguel sich als Sozialist bis zur Zehenspitze bezeichnete, während sich Onkel Javier den Konservativen zugehörig fühlte. Miguel versuchte trotzdem, ihn für seine Wahl zu gewinnen. In seinem Werbefolder hieß es anbiedernd: „Das Wort eines Schwagers muss Gehör finden." Pedro fragte bei seinem Vater nach: „Wie soll das funktionieren, wenn der nie etwas redet?" Miguel: „Dann hören wir eben auf seine innere Stimme." Pedro und ich lachten. Diese Schlagfertigkeit erfüllte Miguel sichtlich mit Stolz. Miguel: „Wollt ihr mehr davon? Dann vergesst nicht: Liste 2. Miguel García. Familienpolitik mit Humor und Verstand."

Am Samstag, eine Woche vor dem Wahlkampf, verkündete Miguel, dass er am nächsten Tag um 17 Uhr vor der Garage seinen Parteitag abhalten werde. Wir wären alle dazu eingeladen und er bestehe auf unser Erscheinen. Die Söhne José, Pedro und Manuel konfrontierten Miguel gleich mit unzähligen Ausreden. Sofía intervenierte: „Nein, um 17 Uhr schaut ihr euch das an. Euer Vater hat sich so bemüht." Naserümpfend gaben sie nach, und selbst Oma Carmen, Tante María und Onkel Javier versprachen, dem Parteitag beizuwohnen. Onkel Javier äußerte gegenüber Miguel nur eine Bedingung: „Ich verlasse deine Veranstaltung sofort, wenn du die Gewerkschaft erwähnst." Miguel: „Versprochen. Diesmal geht es um Größeres."

Am Samstag versammelte sich dann die Familie in der Garageneinfahrt. Vor dem Tor war ein ganz offensichtlich selbstgebasteltes Rednerpult platziert. Unter dessen Sockel befanden sich unzählige Bierdeckel, die verzweifelt darum kämpften, das Pult zu stabilisieren. Davor stand der kleine Antonio, der in Richtung des Rednerpults einen Pappkarton in die Höhe hielt, auf dem stand: „Miguel – der Kandidat der Herzen". Rubén lehnte mit einem Kassettenrekorder in der Hand am Garagentor. Von Miguel war nichts zu sehen. Als bereits die ersten Familienmitglieder die Veranstaltung verlassen wollten, fuhr ein schwarzer Jaguar vor die Einfahrt. Miguels Friseur stieg, als Chauffeur verkleidet, aus, ging nach hinten und öffnete die Fondtür. Wie befürchtet hievte sich Miguel aus dem Auto. In einem neuen, besser geschnittenen, mausgrauen Anzug, mit Sonnenbrille und einer Zigarre im Mund. Er winkte uns staatsmännisch zu und rief: „Danke, danke! Danke für den Applaus." Die Restfamilie stand schweigend und regungslos im Halbkreis vor ihm. Miguel stolzierte Richtung Rednerpult und gab Rubén ein Zeichen. Der drückte auf eine Taste des Kassettenrecorders, und es knarrte uns Musik entgegen. Es war vermutlich ein spanischer Marsch, der jedoch nach wenigen Sekunden nur mehr aus einem Würgen bestand. Rubén öffnete das Kassettendeck und zog einen halben Meter Bandsalat aus dem Gerät. Miguel improvisierte: „Kein Problem!" Danach versuchte er, den Rhythmus des Marsches zu imitieren. Dabei deutete er Antonio, das Schild Richtung Familie zu halten. Pedro fing zu lachen an: „Beim Wort Kandidat ist ein Rechtschreibfehler!" Manuel fügte schmunzelnd hinzu: „Ich hoffe, unser Vater redet heute nicht wieder über Bildungspolitik!" Tante Marta: „Warum nicht? Er kann uns vielleicht den Blickwinkel eines Außenstehenden vermitteln!" Das Gelächter fand kein Ende. Miguel: „Meine Damen und Herren, bitte! Etwas Ruhe!" Inzwischen stand Miguel hinter seinem Rednerpult, vermied es jedoch, sich daran festzuhalten. Der davorstehende Antonio warf gelegentlich Konfetti in die Luft. Miguel: „Liebe Familie, liebe Wählerinnen und Wähler! Das kann doch eigentlich nicht wahr sein. Der Herr im Haus ist eine Frau!" Danach machte er eine Pause. Nachdem jegliche Reaktion ausblieb, fügte er hinzu: „Der

Herr im Haus muss ein Herr sein. Das sagt uns schon die Logik. Es sitzt ja auch kein Goldhamster im Vogelnest. Sofía hat in den letzten Jahren gute Arbeit geleistet. Das möchte ich nicht schmälern, aber jetzt muss ein Neuer ran. Ein frischer Wind muss durch das Haus García blasen. Was heißt ein Wind, ein Tornado, ich würde sogar sagen: ein Hurrikan. Und dieser Hurrikan heißt Miguel." Pedro warf ein: „Ein Hurrikan zerstört doch alles!" Miguel: „Pedro, wer Gutes bewahren will, muss manches verändern! Ich bin ein Hurrikan, der etwas mitbringt!" Carlos begann am Rock seiner Mutter zu zupfen: „Kann ich Fußball spielen gehen?" Sofía: „Nein, warte, jetzt wird´s vielleicht lustig!" Miguel: „Ich möchte, für den Fall, dass ich gewählt werde, folgendes Wahlversprechen abgeben. Erstens werde ich in der Finanzpolitik den viel zu strengen Fiskalrahmen aufweichen. Meine erste Tat wird deshalb sein: Neue Fahrräder auf Kredit! Und zwar für alle! Ein paar Peseten Schulden bereiten mir weniger schlaflose Nächte als ein zu Fuß gehendes Kind. Für den Supermarkteinkauf fordere ich als verkehrspolitische Maßnahme den Kauf eines Zweitwagens. Dass meine Söhne mit dem Bus fahren und dann die schweren Taschen tragen müssen, ist ein veraltetes Beschaffungskonzept. Mein Slogan lautet klar: Nur Deppen schleppen!" Kurzer Applaus keimte unter den Familienmitgliedern auf. Sämtliche Söhne konzentrierten sich plötzlich auf die Rede ihres Vaters. Miguel: „Ich werde in der Sozialpolitik gegen alle Widerstände eine Mindestsicherung beim

Taschengeld durchsetzen. Es darf nicht aufgrund von Fehlverhalten oder schlechten Noten zu einer Kürzung des Anspruchs kommen." José schrie: „Jawohl Papa, ein guter Punkt!" Miguel: „Den Jüngeren unter euch möchte ich in der Justizpolitik folgendes Angebot unterbreiten: Opferschutz vor Täterschutz. Im Zweifelsfall wird nach einer Rauferei dem, der mehr blaue Flecken hat, geglaubt. Ihr kennt die strenge Regel eurer Mutter: Fernsehen bis maximal neun Uhr. Ein Präsident Miguel wird an dieser Regel rütteln!" Es kam unter den Söhnen zu lautem Gemurmel. Die Begeisterung war spürbar. Für die Familie García lag anscheinend ein historischer Moment in der Luft. Sofía schaute währenddessen ihren Mann ungläubig an und schüttelte mehrmals den Kopf. Miguel ignorierte aufgrund der allgemeinen Zustimmung Sofías Blicke. „Ich setze noch eins drauf. Ich habe mir auch zu jedem von euch Gedanken gemacht. Manuel, du willst Rockstar werden. Warum sollst du dann weiter Medizin studieren? Mario – wer seine Freundin so sehr liebt wie du, soll bei ihr auch übernachten dürfen. Lieber Onkel Javier, du wünscht dir schon lange im Haus ein Zimmer, das nur du betreten darfst. Du sollst es bekommen!" Der Applaus war frenetisch. Die Söhne skandierten: „Miguel! Miguel!" Sogar Onkel Javier ließ sich zu einem Bravo hinreißen. Oma Carmen schlug mehrmals mit ihrem Stock auf den Boden, und das, obwohl Miguel in keinem Punkt ihre Bedürfnisse ansprach. Sie wurde einfach von der Welle der Begeisterung mitgerissen. Miguel holte ein letztes

Mal aus: „Freunde, Familie – danke! Wir brauchen alle wieder mehr Freizeit. Deswegen stehe ich, Miguel García, für Wachstum ohne Beschäftigung. Denn Trägheit muss sich wieder lohnen!" Mit diesen Schlussworten verließ er, begleitet vom begeisterten Gejohle seiner Söhne, das Rednerpult. Inzwischen fuhr der Jaguar erneut vor. Der Friseur öffnete Miguel die Tür und dieser stieg winkend ein. Sofía kehrte völlig verärgert ins Haus zurück und Tante María begleitete sie. Sofía: „Miguel ist übergeschnappt. Wer kann die Scherben dieser Versprechungen wieder zusammenkehren? Ich. Ab heute steige ich in den Wahlkampf ein. Aber anders, als Miguel es vermutet."

Am nächsten Tag gab Pedro beim Mittagessen die Ergebnisse der neuesten Meinungsumfrage bekannt. Miguel lag bei 82 % Zustimmung. Sein Parteitag stellte die Verhältnisse völlig auf den Kopf. Onkel Javier brachte zur Überraschung aller ein Gespräch in Gang. Javier: „Wer wurde aller gefragt?" Pedro: „Na alle. Bis auf Rubén und Antonio, da die beiden noch nicht wahlberechtigt sind." Javier: „Auch der Ausländer?" Sämtliche Familienmitglieder blickten Javier verwundert an. Pedro: „Welcher Ausländer?" Javier deutete auf mich. „Na, er!" Pedro: „Ja schon, Vater hat sich besonders stark für Klaus eingesetzt." Javier: „Dagegen bin ich. Miguel, meine Stimme kannst du wieder vergessen." Miguel: „Bitte, Javier, in der Integrationspolitik müssen wir mehr Offenheit zeigen. Es handelt sich doch im Falle unseres österreichischen Migranten nur um eine befristete Aufenthaltsgenehmigung."

Javier: „Du bist doch ein Sozialist. Spanien den Spaniern. Auch im Sommer!" Tante María: „Javier, jetzt hör doch bitte auf mit dem nationalistischen Geplapper." Javier: „Der Österreicher will sich doch nicht integrieren. Er interessiert sich nicht für den Stierkampf, ihm schmeckt keine Pisto manchego und er spricht Katalan." Pedro verteidigte: „Man kann mit dem Klaus sehr gut Spanisch sprechen. Besonders gewandt kann er sich bei den Themen Anticellulitemassage und Wechselbeschwerden ausdrücken." Die ganze Familie lachte laut auf. Nur nicht Javier. Javier: „Seitdem der Österreicher bei uns wohnt, fehlt mir ständig Geld." Tante María: „Dir fehlt immer ständig Geld, weil du noch nie eines hattest." Javier: „Das haben mir die Sozialisten gestohlen. Ich bin weiterhin gegen das Ausländerwahlrecht." Oma Carmen: „Unterm Franco hätte es das sowieso nicht gegeben." Danach folgte Schweigen. Ich versuchte, es zu brechen: „Ähm, also ich bestehe wirklich nicht darauf zu wählen. Onkel Javier hat schon Recht. Ich wohne doch nur noch einen Monat lang hier." Javier: „So lange?" Sofía: „So, Javier, es reicht. Deine Mutter war Französin, dein Vater halber Portugiese. Wenn es ab jetzt ‚Ausländer raus' heißt, kannst du als Erster deine Koffer packen." Javier war von der harten Attacke sichtbar geschockt. Kleinlaut gab er von sich: „Das war eine andere Zeit." Miguel: „Javier, danke für das Stichwort. Eine neue Zeit bricht an. Liebe Familie, ich verspreche Euch, dass mir dieses richtungsweisende Umfrageergebnis sicher nicht zu Kopf steigt. Ich bleibe euer Miguel García – Weltklasse für Spanien." Sofía aß inzwischen weiter an ihrer Wassermelone. Dabei blickte sie nie auf. Die Ehe erlebte eine harte Bewährungsprobe. Miguel bemerkte dies und versuchte, die Wogen zu glätten: „In acht Tagen ist die Wahl. Obwohl die Auseinandersetzung zwischen eurer Mutter und mir in der Sache hart verläuft, persönlich werden wir uns auch in kommenden Tagen gut vertragen." Sofía, die weiter auf den Teller blickte, ergänzte: „Vermutlich sogar besser denn je!" Miguel: „Wirklich, das freut mich, warum glaubst du das?" Sofía: „Weil ich auf Urlaub fahre." Die ganze Familie blickte Sofía an. Miguel: „Wie? Was? Du kannst doch jetzt nicht wegfahren?" Sofía: „Stimmt, du wirst das Auto zum Einkaufen brauchen. Deswegen fliege ich. Nach London, mit Sara und Elena." Miguel: „Ähm, und wer kümmert sich um alles?" Sofía: „Na du. Du bist eine Woche der interimistische Präsident der Familie García. Ich bin mir sicher, wenn die Familie dich dabei beobachten darf, wie du dich jeden Tag 24 Stunden in ihren Dienst stellst, wirst du die Wahl am kommenden Sonntag ganz klar gewinnen." Miguel: „Also, Sofía, du stellst mich jetzt schon vor Schwierigkeiten. Ich hatte in der kommenden Woche andere Pläne." Sofía: „Das verstehe ich jetzt nicht. Wie steht es in deinem Folder? Zeig mir das Problem, ich zeige dir die Lösung: Miguel García." Miguel: „Das ist doch nur ein Slogan. Also Sofía, überstürze jetzt bitte nichts." Sofía: „Deswegen fliege ich auch nicht heute Abend, sondern erst morgen früh." Danach stand Sofía auf und sagte:

„Liebe Familie, ich gehe jetzt nachdenken. Bitte verhaltet euch wie eurem Vater gegenüber und weckt mich nicht auf. Miguel, deine Amtszeit hat hiermit begonnen."

Am nächsten Tag winkte die vor der Einfahrt versammelte Familie dem Taxi nach, in dem Sofía saß. „So, Kinder", meinte Miguel motivierend, „jetzt werden wir beweisen, dass wir den Laden auch allein schupfen können." „Nein", erwiderte Tante María, „du wirst das beweisen. Ich habe dir bereits meine Einkaufsliste auf den Kühlschrank geklebt." „Papa, hilfst du mir heute bei der Mathematikaufgabe?", fragte Carlos. Mario: „Ich treffe heute am Abend Julia. Kannst du mir vorher noch mein Hemd bügeln?" Onkel Javier: „Vergiss nicht, mich am Nachmittag zum Urologen Dr. Perez zu führen." Miguel: „Warum nicht zu Dr. Sanchez? Das liegt doch viel näher." Javier: „Sein Vater war Kommunist!" Pedro: „Papa, was kochst du uns zum Mittagessen?" Miguel: „Nun, ähm, das ist leicht, heute ist doch Montag, deswegen gibt es Salamipizza!" Kurzer Jubel brach aus. Nur Oma Carmen wirkte verängstigt. Sie erkundigte sich bei Tante María: „Schmeckt Salamipizza anders als Paella?" Tante María ergriff ihre Hand und beruhigte: „Keine Sorge, Carmen. Wir zwei essen heute auswärts."

Die Last der Verantwortung machte Miguel gleich am ersten Tag fehleranfällig. Er vergaß bei den Einkäufen die Hälfte, verbrannte mit dem Bügeleisen sämtliche Hemden, die Mario besaß, und Javier wurde gegen seinen Willen von Dr. Sanchez untersucht – Miguel fand mit dem Auto den Weg zu Dr. Perez nicht. Nach der Rückkehr war Javier völlig außer sich und betrank sich auf der Terrasse. Er bezeichnete es als traumatisches Erlebnis, dass der Sohn eines Kommunisten seine Prostata abtasten durfte. Oma Carmen unterstütze Javiers Zorn: „Unterm Franco hätte es das nicht gegeben!" Tante María ergänzte: „Und unter Sofía auch nicht!" Am zweiten Tag rief Carlos Mathematiklehrer an. Er wollte dringend mit den Eltern sprechen. Die letzte Hausaufgabe bezeichnete er als Fehlermassaker, und er könne sich diesen rapiden Leistungsabfall nicht erklären. Mitte der Woche fuhr Miguel in die Schule, während das Haus zunehmend verkam. Seite an Seite stapelten sich Pizzakartons, verdrecktes Geschirr und Schmutzwäsche. Miguel las sich deswegen am Abend abwechselnd die Bedienungsanleitungen von Geschirrspüler, Waschmaschine und sogar der Herdplatte durch. Ohne jeglichen Erkenntnisgewinn schlief er dann erschöpft auf dem Küchensessel ein. Deswegen musste schließlich der sechsjährige Antonio den fünfjährigen Rubén ins Bett bringen. Miguel versuchte, trotz der aufkeimenden Unzufriedenheit Haltung zu bewahren. Er fütterte uns abwechselnd mit Salamipizza und Durchhalteparolen. Seine neuen Slogans lauteten: „Wandel braucht Zeit" und „Neue Besen kehren anders". Pedro blickte sich in der Wohnung um und sagte: „Aber zumindest sollten sie kehren." Miguel meinte: „Ich werde Tante María bitten, mir ein wenig unter die Arme zu greifen." Pedro: „Das geht nicht, sie ist mit der Oma aufs Land geflüchtet. Papa, sollten wir nicht den Ausnahmezustand ausrufen? Wir besorgen uns eine Putzfrau, eine Köchin, eine Erzieherin und einen Nachhilfelehrer." Miguel erzürnte diese Forderung: „Wir benötigen sicher keine vier Bediensteten." „Stimmt", erwiderte Pedro, „wir brauchen fünf. Ich habe den Chauffeur für Onkel Javier vergessen." Nach einer langen abendlichen Diskussion, die wieder einmal in der kulinarischen Begleitung einer Salamipizza stattfand, konnten sich die Söhne mit ihrem Vater darauf einigen, dass man zumindest für den Freitag eine Köchin und eine Putzfrau engagieren würde. An diesem Tag verließ Miguel weder sein Zimmer noch seinen Pyjama. Die mentale Belastung der letzten Tage forderte ihren Preis.

Am Samstag fuhr ein Taxi vor die Einfahrt, in dem Sofía saß. Sie wirkte fröhlich und wurde von ihren Söhnen herzlich begrüßt. Nur Miguel fehlte. Sofía fragte nach: „Na, wo ist mein Präsident?" Pedro: „Nachdenken! Seit gestern Vormittag." Als Sofía das aufgeräumte Haus betrat, war sie doch verwundert. Pedro: „Vater hat sein Regierungsteam um eine Köchin und eine Putzfrau erweitert." Sofía: „Wo stecken eigentlich Tante María und Carmen?" José: „Die sind auf der Flucht. Doch sie kehren heute Abend zurück." Sofía: „Und Onkel Javier?" José: „Der sitzt völlig betrunken auf der Veranda. Er besteht darauf, dass man ihm die Prostata entfernt." „Verstehe. Und wie verliefen die letzten Tage für euch?", fragte Sofía ganz vorsichtig. Pedro: „Sagen wir so Gott schickte uns in dieser Woche zehn Plagen, und unser Vater war ihr ausführendes Organ." José ergänzte: „Dank Miguel durften wir dem Elend ganz tief ins Auge blicken." Sofía lächelte, ging in Richtung Schlafzimmer und klopfte an die Tür. Währenddessen sagte sie zu sich: „Ich wusste es – mein Mann ist mein bester Wahlkämpfer."

Beim darauffolgenden Abendessen versammelte sich wieder einmal die ganze Familie. Auch Miguel war anwesend. Er saß im mausgrauen Anzug auf seinem Platz und lächelte in die Runde. Keiner erwiderte seinen Blick. Miguel versuchte, Sofía die gegen ihn gerichtete Atmosphäre zu erklären: „Sofía, meine interimistische Amtszeit war nicht frei von Problemen, aber im Großen und Ganzen haben wir die letzte Woche hervorragend bewältigt." Onkel Javier, der allmählich wieder nüchtern wurde: „Ich würde sagen, wir haben die letzte Woche gerade noch überlebt." Miguel: „Lieber Javier, ich gebe zu, dass in Teilbereichen ein wenig improvisiert wurde, jedoch dies auf höchstem Niveau." Die Familienmitglieder blickten schweigend auf ihre Teller. Rubén: „Mama, kann ich noch mehr von der leckeren Gemüsepaella haben?" Miguel, der bemerkte, dass sich das Vertrauen in seine Aussagen auf dem Nullpunkt befand, versuchte es noch einmal kämpferisch: „Morgen ist die Wahl, und ich möchte noch mein Seniorenpaket für Carmen sowie den Bildungsscheck vorstellen. Jeder von euch soll für die Schule ein Heft mit zehn Blanko-Entschuldigungen erhalten. Die könnt ihr flexibel einsetzen. Des Weiteren sollen Rubén und Antonio für ihre Unterstützung meines Wahlkampfs ihr lang ersehntes Pony bekommen." Die beiden Jüngsten jubelten auf. Miguel: „In diesem Zusammenhang, liebe Sofía, möchte ich, dass wir das Wahlalter senken. Rubén und Antonio sollten auch das Stimmrecht genießen!" Sofía: „Von mir aus!" Tante María: „Lass es, Miguel, du hast verloren." Pedro: „Papa, die Meinungsumfrage von heute Mittag ergab für dich eine Katastrophe!" Miguel: „Umfragen sind bitte nur Umfragen! Liebe Familie, vergesst nicht, ihr könnt auch in Zukunft darauf vertrauen: Ich bleibe euer Miguel." Tante María: „Das ist ja das Problem." Lautes Gelächter breitete sich in der Familie aus. Miguel betrachtete diese aufgelockerte Stimmung als eine Chance, seine Beliebtheitswerte zu heben: „Ich könnte die Heiterkeit noch mit einem Witz bereichern ..." Nachdem er ihn erzählt hatte, meinte Tante María: „Aufgrund der Resonanz solltest du dich morgen nicht einmal selber wählen." Beleidigt lehnte sich Miguel zurück. Danach berichtete Sofía von ihren Erlebnissen in London. Die ganze Familie hörte ihr dabei aufmerksam zu.

Am nächsten Tag erwachte ich vom Klang einer Glocke. Miguel schritt lautstark durch den Gang und schrie: „Wahltag ist Zahltag!" und „Wähl dich frei, Liste 2!" Pedro öffnete genauso impulsiv seine Zimmertür: „Papa, wir wissen alle, dass Aufgeben nicht deine Stärke ist. Aber lass uns bitte schlafen!" Als sich dann eine Stunde später alle beim Frühstück versammelten, war unter den

Garcías eine gewisse Nervosität spürbar. Zu dieser gesellte sich jedoch auch eine Hoffnung: „Ab morgen haben wir endlich wieder klare Machtverhältnisse", meinte Tante María erwartungsvoll. „Ich bin auch schon wahlkampfmüde", fügte Pedro hinzu. Um Punkt 11 Uhr kam es schließlich zum lang erwarteten Urnengang. Der im Vorzimmer befindliche riesige hölzerne Kleiderkasten wurde für diesen Tag vollständig ausgeräumt und zur Wahlkabine umgewidmet. Darin befand sich ein kleines Pult, auf dem eine Schreibtischlampe stand. Die Familienmitglieder und ich standen im Vorzimmer Schlange und verschwanden nacheinander im Kleiderkasten. In der nach Mottenkugeln duftenden Wahlkabine beschloss ich, trotz aller inneren Widerstände, Miguel zu wählen. Ich vertraute auf sein Versprechen, als Präsident das Bild von Marta aus meinem Zimmer entfernen zu lassen. Nachdem ich den Kleiderkasten verlassen hatte, wurde erneut aufgeregt diskutiert. Pedro deckte den Versuch seines Vaters auf, Rubén und Antonio mit jeweils zwei Wahlzetteln zu versorgen. Tante María attackierte Miguel: „In puncto Demokratie kannst du sogar noch etwas von einem nordkoreanischen Diktator lernen." Miguels Gesicht verfärbte sich und er stammelte etwas von einem Missverständnis. Nachdem Antonio als Letzter den Kleiderkasten verlassen hatte, fiel uns allen auf, dass Großmutter Carmen zur Wahl nicht erschienen war. Wir fanden sie im Wohnzimmer, in einem Ohrensessel sitzend, und sie hörte Radio. Als ich sie nach dem Grund der Wahlverweigerung fragte, meinte sie: „Unterm Franco durfte ich auch nicht wählen.“ Unter den Garcías kam es erneut zu einer langen historischen Debatte, die beim Zweiten Punischen Krieg begann und bei Felipe González endete. Onkel Javier steigerte sich dabei dermaßen hinein, dass er beschloss, bereits am Vormittag seinen gerade wieder erlangten nüchternen Zustand aufzugeben. Die Familie einigte sich schließlich darauf, dass man auch einer betagten Frau noch die Demokratie etwas näherbringen sollte. Deswegen war Carmen die einzige Stimmberechtigte, die auf dem Wahlzettel Miguel und Sofía ankreuzen durfte. Mit diesem Kompromiss zeigte sich die Großmutter einverstanden.

Um 15 Uhr kam es dann beim Mittagessen zur Bekanntgabe des Wahlergebnisses. Sofía erhielt zehn von zwölf Stimmen. Miguel nur zwei. Er zeigte sich erschüttert. Miguel sprach von einem rabenschwarzen Tag in der Geschichte seiner Partei. Er wolle keine voreiligen Schlüsse ziehen und werde morgen in Ruhe in den Gremien das Ergebnis analysieren. Sofía war eine Freude über den Kantersieg nicht anzumerken. Sie wirkte sogar ziemlich verärgert. Sie konnte es nicht fassen, dass Miguel eine zweite Stimme erhalten hatte. Sofía versuchte sich in der Wählerstromanalyse: „Also eine Stimme bekam Miguel von Carmen, aber wer bitte hat ihn noch gewählt?“ Die neue und alte Präsidentin blickte ernst in die Runde. Sofía: „Wer ist mit meiner bisherigen Amtsführung nicht zufrieden?“ Niemand, nicht einmal Miguel, zeigte auf. Ich begann zu schwitzen, versuchte jedoch, mir nichts anmerken zu lassen. Sofía: „Pedro, zeigst du mir bitte die beiden Wahlzettel, die Stimmen für Miguel ergaben?" Pedro brachte sie seiner Mutter. Sofía blätterte sie durch, danach stand sie langsam auf und kreiste bedrohlich um den Tisch. Ich konnte es nicht fassen, als sie bei meinem Platz stehen blieb. Sofía beugte sich vor und blickte mich ernst an: „Warum hast du Miguel gewählt?" Ich antwortete mit zittriger Stimme: „Sofía, ich verstehe nicht. Miguel bekam zwei Stimmen. Eine von Carmen und dann hat er sich noch selbst gewählt." Sofía: „Das hat er bis jetzt noch nie gemacht. Seit der Einführung der Demokratie im Hause García hat Miguel noch bei keiner Wahl für sich gestimmt." Ich schaute Miguel an. Diese Tatsache war ihm offensichtlich unangenehm, doch er erwiderte achselzuckend: „In der Wahlzelle bin ich mir immer unsicher, ob ich wirklich die Geschicke hier lenken sollte. Meine Stärke ist und bleibt die Opposition. Miguel García – Vertrauen durch Kontrolle." Ich war entsetzt. Sofía beugte sich noch weiter vor: „Also, Klaus, ich wiederhole meine Frage ein letztes Mal, warum hast du für Miguel gestimmt?" Ich: „Ich habe doch gar nicht für ihn gestimmt." Sofía wurde laut: „Lüg mich nicht an!" Sie hielt den Wahlzettel vor meine Nase. Sofía: „Was siehst du hier?" Ich: „Ein Kreuz bei Miguel." Sofía: „Und womit wurde das Kreuz gemacht?" Sofort fiel mir mein eindeutiger Hinweis auf. Ich brach innerlich zusammen, richtete meinen Blick zum Boden und stammelte: „Mit einem rosa Leuchtstift." Sofía fasste mit ihrer Hand an mein Gesicht und drehte es zu sich. Sie meinte: „Das hätte ich mir von dir nie gedacht. Wie konntest du nur Miguel wählen? Ich bin maßlos von dir enttäuscht." Die ganze Familie taxierte mich vorwurfsvoll, sogar Miguel. Da war er – ein Moment, in dem eigentlich nur noch Wegbeamen eine Lösung ist. Sofía: „Willst du etwas zu deiner Verteidigung sagen?" Und da fiel er mir plötzlich ein, der Satz, der mich vielleicht doch noch retten konnte, der Satz, der schon ewig darauf wartete, ausgesprochen zu werden. Jetzt war sein Zeitpunkt gekommen. Ich blickte Sofía tief in die Augen und hauchte ihr diesen so bedeutungsvoll, wie ich nur konnte, entgegen: „Sofía, en tus grandes ojos negros se sumerge mi mirada, mi corazón y al final mi vida entera."

EU-WG:
SITCOM SUCHT SENDER

Seit einigen Jahren schlummert in mir die Idee, eine Sitcom über die EU zu drehen. Mir war schon bald klar, dass man für eine humoristische Zuspitzung diesen unüberschaubaren Lebensraum verkleinern muss. Am besten auf die Größe einer Wohngemeinschaft.

Meine Fragen lauten: Können sich die großen europäischen Konflikte auch auf kleinstem Raum abspielen? Was passiert, wenn ein Deutscher und ein Grieche vor dem Kühlschrank stehen, und es gibt nur noch ein Joghurt?

Ich habe mich entschlossen, das Buch der ersten Folge abzudrucken, weil ich von der Idee überzeugt bin. Vielleicht gibt es unter der Leserschaft Menschen, die sich auch dafür begeistern können. Und vielleicht gibt es unter der Leserschaft sogar auch noch Menschen, die sich für eine gemeinsame Umsetzung engagieren würden. Jetzt aber genug des Konjunktivs – hier kommt der Text!

EU-WG

IDEE: KLAUS ECKEL
TEXT: KLAUS ECKEL / RALF THALLER

GRUNDIDEE DER SERIE:

Die erste geförderte europäische Wohngemeinschaft für Männer in Not. Von der EU wird mehreren Männern, deren Lebenssituation sich im Umbruch befindet, eine große Wohnung zur Verfügung gestellt. Jeder der teilnehmenden Männer hat sich bei dem EU-Programm „Männer im Umbruch" beworben. Der Standort der gemeinsamen Wohnung ist Wien. Das EU-Behausungsangebot ist an folgende Bedingungen geknüpft:

1 – Es müssen in der Wohngemeinschaft Männer aus sieben verschiedenen europäischen Ländern leben.

2 – Die Wohngemeinschaft wird regelmäßig von der EU kontrolliert und beurteilt.

3 – Wenn der Vertreter einer Nation die Wohngemeinschaft verlässt, löst sich diese sofort auf.

HANDELNDE FIGUREN:

- Georg, der Österreicher – Sozialpädagoge
- Paul, der Engländer – Busfahrer
- Uwe, der Deutsche – ehemaliger Manager
- Herbert, der Italiener – war irgendwie schon alles
- Pierre, der Franzose – Sommelier
- Vangelis, der Grieche – Umweltaktivist
- Krzysztof, der Pole – Handwerker
- Frau Myrer – von der EU-Förderstelle in Belgien
- Luise, Schweizerin – vom Pizzaservice
- Samil Gület –wohlhabender Türke, der oberhalb wohnt

FOLGE 1 – DER EINZUG

<u>Wohnung, innen, Tag</u>

Schauplatz: Wien, Altbauwohnung: Ein großes Wohnzimmer, eine EU-Fahne hängt an der Wand, ein Dobermann liegt auf dem Teppich, ein Vogelkäfig ist abgedeckt.

Frau Myrer läuft durch die Wohnung, in der Hand ein Klemmbrett mit vielen Blatt Papier, blickt sich um und hakt verschiedene Dinge auf ihren Formularen ab.

FRAU MYRER: Athen, Wien, Warschau, London, Paris, Rom und ... nein, bitte nicht ...

(geht nochmals hektisch durch die Wohnung, nimmt dann ihr Handy zur Hand und wählt)

FRAU MYRER: Frau Kommissarin? Entschuldigen Sie bitte die Störung, aber wir haben ein Problem! – Wir haben kein Berlin!

INTRO

Wohnung, innen, Tag

Frau Myrer noch immer am Telefon, im Hintergrund sieht man, wie einige Handwerker die Wohnung verlassen. Frau Myrer winkt ihnen zum Abschied zu.

FRAU MYRER: Ja, Frau Kommissarin, ich weiß, die EU macht keine Fehler – ja, ich weiß, Ihre politische Zukunft hängt vom Erfolg ab – ja, ich kümmere mich darum, ja, ich werde das Problem lösen.

(legt auf, spricht zu sich selbst): Wo krieg ich jetzt ein Berlin her?

KRZYSZTOF *(in der Kleidung eines Handwerkers, in der Hand eine große alte Tasche und zwei volle Plastiksäcke, tippt Frau Myrer auf die Schulter):* Dzień dobry!

FRAU MYRER *(fragend):* Guten Tag?

KRZYSZTOF: So, bin jetzt fertig mit Arbeit, wo kann ich schlafen?

FRAU MYRER: Wie meinen Sie das?

KRZYSZTOF: Ich schlafe hier. *(zieht einen zerknitterten Zettel aus der Hosentasche)*
Ich bin Krzysztof Brzężyszczykiewicz
(gibt Frau Myrer den Zettel)

FRAU MYRER: Oh, Sie sind Polen! Herzlich willkommen in der EU-WG, Herr ...
(versucht, den Namen vom Zettel abzulesen)

KRZYSZTOF: Sie können auch Brzężyszczykiewiczku sagen, ist persönlicher.

FRAU MYRER: Können wir uns auf Herr Pole einigen? Also, es gibt für jeden ein Zimmer, die genaue Einteilung erkläre ich ...

KRZYSZTOF *(legt sich auf ein Wohnzimmersofa):* Ich schlafe hier, danke! *(schläft ein)*

Es läutet an der Tür, Frau Myrer öffnet, vor der Tür stehen Paul und Pierre mit ihrem Gepäck.

FRAU MYRER: Guten Tag, herzlich willkommen!

PAUL: Hi! *(betritt die Wohnung und sieht sich um)*
Fuck, it´s nice here! *(küsst Frau Myrer auf beide Wangen, sie wirkt verschreckt)*
Ich bin Paul.

FRAU MYRER: Aus England, nehme ich an?

PAUL: Genau, bin eine echte Pfundskerl!
(Paul lacht laut, Pierre und Frau Myrer nicht)

PAUL *(erklärend):* Weil wir in England noch die englische Pfund haben ...

FRAU MYRER: Ich habe es schon verstanden.
Willkommen, England!
(wendet sich Pierre zu und reicht ihm die Hand) Myrer!

PIERRE: Bonjour, Pierre Cadiv!

FRAU MYRER: Sehr schön, Frankreich.
(hakt etwas auf dem Papier ab)

PIERRE *(entdeckt Krzysztof):* Und was ist das?

FRAU MYRER: Das ist Polen.

PIERRE *(zeigt auf den Dobermann):* Und das?

FRAU MYRER: Das ist Wilhelm, mein Dobermann.

PAUL *(springt in Habtachtstellung, spricht mit Hitler-Akzent):* Guten Tag, Deutschland!

Treppenhaus, innen, Tag
Georg steht mit zwei großen Koffern vor dem Lift und wartet. Man hört den Türsummer, Uwe betritt das Treppenhaus durch die Haustür.

UWE *(in Richtung Gegensprechanlage):* Danke! *(zum Möbelpacker gewandt):* Ja, alles hier herein, hier wohne ich.

Ein Möbelpacker beginnt, Unmengen an Kartons ins Treppenhaus zu tragen.

UWE *(sieht Georg):* Guten Tag, ziehen Sie auch hier ein?

GEORG: Ja, ich bin der Georg, freut mich.

UWE: Uwe Neumann, aus Deutschland. Und Sie sind aus Österreich, richtig? Nicht zu überhören.

GEORG: Ja, richtig. Super, dass wir gemeinsam bei diesem Projekt dabei sein können. Übrigens, wir sind doch per Du, oder? Macht die Interaktion einfacher und mindert die Distanz.

UWE *(zögernd):* Ja ... Uwe ...

Georg umarmt Uwe.

MÖBELPACKER: So, des wär´s. Ollas abg´laden. *(zeigt auf die Umzugskartons)*

UWE: Und wie kommen meine Kartons jetzt hinauf in die Wohnung?

MÖBELPACKER *(zieht einen Zettel aus der Tasche und liest, zeigt dann auf die Haustür):* Ist diese Tür abschließbar?

UWE: Ja, ich denke schon.

MÖBELPACKER: Passt, dann samma fertig. *(zeigt auf eine Zeile auf dem Papier)* Transport bis hinter die erste abschließbare Tür. Wiederschaun!

UWE: Hallo? Das kann es jetzt nicht sein, oder? *(wütend)* Was ist denn das für eine Serviceeinstellung?

Wenn Sie mein Mitarbeiter wären, dann ... dann wären Sie jetzt nicht mehr mein Mitarbeiter.

GEORG: Uwe, bitte, versetz dich einmal in die Lage des Mannes. Wie denkst du, geht es ihm dabei, wenn du ihn so anbrüllst?

UWE *(noch immer wütend):* Wie es ihm geht? Wie geht es mir dabei? In Deutschland gibt es so etwas nicht!

GEORG: Uwe, versuch, dich kommunikativ auf seine Ebene einzulassen. Wir in Österreich sagen immer: „Durch´s Reden kommen d´Leut z´samm."

UWE: Aber meine Kartons nicht in die Wohnung!

Türsummer. Vangelis betritt das Treppenhaus, umgehängt nur einen großen, vollgestopften Seesack.

VANGELIS: Kalimera! *(geht direkt in Richtung Treppen)*

GEORG *(leise zu Uwe):* Denkst du, der gehört auch zur WG?

UWE: Nein! *(lacht laut auf)* Ein Türke? Seit wann ist die Türkei in der EU?

VANGELIS *(dreht sich zu Uwe und Georg):* Türke? Türke? Habe ich nicht laut und deutlich „Kalimera" gesagt? Ist das Türkisch? Ich bin Grieche! Das sieht man doch!

UWE: Jetzt regen Sie sich nicht so auf! Man sieht ja nicht, dass Sie kein Türke sind, und was weiß ich, was „Kalimera" heißt!

GEORG: Vielleicht beruhigen wir uns einmal, und zu einem guten Neustart begrüßt jeder den anderen nochmals in seiner eigenen Landessprache, okay? Das erhöht unsere interkulturelle Kompetenz.

VANGELIS: Kalimera!

UWE: Guten Tag!

GEORG: Sehr schön.
(zu Vangelis) Ich bin der Georg aus Österreich.

Georg umarmt Vangelis.

VANGELIS: Vangelis, Griechenland.
(betont Griechenland und schaut dabei auf Uwe)

UWE: Uwe, Deutschland. Nachdem jetzt unsere Kompetenz geschult ist, habe ich aber noch das Problem, wie ich meine Kartons nach oben bekomme.

Man hört das „Ping" des Fahrstuhls und es öffnet sich die Tür.

GEORG *(zeigt auf die Fahrstuhltür):* Na, das nenne ich positives Karma, hier ist das Problem *(zeigt auf die Kisten)* und hier die Lösung. *(zeigt auf den Fahrstuhl)*

UWE *(blickt in den extrem kleinen Fahrstuhl, der maximal Platz für zwei Personen bietet):* Der ist so klein, da muss ich jede Socke einzeln hochschicken.

Vangelis betritt den Fahrstuhl und blickt nach oben zur Fahrstuhlbeleuchtung, beginnt dann, die Glühbirne zu entfernen. Uwe und Georg blicken verwirrt drein.

GEORG: Vangelis, möchtest du drüber reden?

VANGELIS *(hat die Glühbirne entfernt und steht im dunklen Aufzug):* Wusstest du, dass die Beleuchtung den größten Teil des Stromverbrauchs eines Aufzugs ausmacht?

UWE: Und das soll heißen, ich soll jetzt im Dunkeln Lift fahren?

VANGELIS: Ja, wo ist das Problem? Hast du Angst, dass dich ohne Licht der Gegenverkehr nicht sieht? *(steckt die Glühbirne ein)*

UWE *(wütend):* Gib die Lampe wieder her, ich fahr nicht im Dunkeln!

GEORG: Uwe, jetzt atme einfach durch und denk an was Schönes. Jetzt müssen wir eh einmal deine Kartons alleine hochschicken.

VANGELIS: Und Kartons haben keine Angst im Dunkeln!

Die Männer beginnen, die Kartons und Koffer in den Aufzug zu schlichten.
Georg hebt einen Karton auf, der Boden reißt durch und eine Unmenge an
Ladekabeln und Batterien fällt auf den Boden.

GEORG *(wütend):* So eine verdammte Sch... *(besonnen und ruhig)* Ah, ´tschuldigung! Das war keine angemessene Reaktion meinerseits.

UWE: Das fängt ja gut an.

Uwe und Georg beginnen, die Gegenstände aufzusammeln und in den Karton zurückzulegen, Vangelis steht unbeteiligt daneben.

GEORG *(hält mit der Arbeit kurz inne und schaut Vangelis an):* Vangelis, ich verstehe echt, dass man von Zeit zu Zeit auch eine Distanz zur Arbeit braucht, aber ...

VANGELIS: Tut mir leid, ich kann nicht!

UWE: Was heißt, du kannst nicht? Sollen wir das auch im Dunkeln einsammeln?

VANGELIS *(zeigt auf die Ladekabel und Batterien):* Das greife ich nicht an, da mache ich mich mitschuldig an der Umweltzerstörung. Schon einmal etwas von Solarladegeräten gehört?

UWE: Hilfst du mir, wenn ich das Kyoto-Protokoll unterschreibe?

<u>Treppenhaus, innen, Tag</u>
Man sieht Uwe, Georg und Vangelis die Treppen hochkommen.

UWE *(keuchend):* Ich bin ja schon froh, dass wir wenigstens im Treppenhaus das Licht anlassen durften.

Es ertönt ein „Ping". Die Fahrstuhltür geht auf. Ein sehr gut gekleideter, korpulenter Türke steht im Aufzug.

GÜLET: Ah, Sie haben die Kartons nach unten geschickt? Ich war so nett und habe diese für Sie unten ausgeladen. Nichts zu danken! Ich helfe gerne!

Uwe, Georg und Vangelis schauen einander ratlos an.

GÜLET: Ich bin übrigens Samil Gület, vierter Stock. Schade, dass Sie schon wieder abreisen.

UWE: Wir sind gerade angekommen!

GÜLET: Und wieso schicken Sie dann schon Ihre Kartons nach unten?
(zu Vangelis): Merhaba! Benim ismim Şamil. Ve siz? [Hallo, ich heiße Samil, Und du?]

VANGELIS: Entschuldigung?

GÜLET: Eğer kâfirler burada ne yapıyorsun? [Was machst du denn hier mit den Ungläubigen?]

VANGELIS: Entschuldigung, ich verstehe Sie nicht.

GÜLET: Oh, nicht Türke?

VANGELIS: Nein, ich bin Grieche!

Herr Gület wendet sich von Vangelis ab, nimmt Uwe und Georg an der Schulter.

GÜLET: Freut mich, Sie kennenzulernen, wenn Sie Hilfe brauchen, jederzeit, ich bin Samil, vierter Stock!

<u>Wohnung, innen, Tag</u>
Es läutet an der Tür, Frau Myrer öffnet.

FRAU MYRER: Ah, die nächsten Bewohner!

UWE *(tritt ein, reicht Frau Myrer die Hand):* Neumann, Deutschland. Und Sie sind? Die Haushälterin?

FRAU MYRER *(empört):* Wie bitte? Ich bin die lokale Projektleiterin in der EU-Frauenbehörde.

UWE: Sehr fein, aber was hat das mit uns zu tun?

FRAU MYRER: Ich bin dort zuständig für Männerfragen.

GEORG: Ah, wunderbar, wir werden sicher eng zusammenarbeiten. Wie Sie meiner Bewerbung entnehmen konnten, bin ich systemischer Coach und wir werden gemeinsam in der WG an den Beziehungen arbeiten, sowohl bi- als auch multilateral.

PAUL: Bi? What the fuck?

FRAU MYRER *(zu Georg):* Wie war Ihr Name?

GEORG: Georg, Österreich.

Georg breitet die Arme zur Umarmung aus, aber Frau Myrer ignoriert ihn, macht einen Haken auf dem Papier und blickt zu Vangelis.

VANGELIS: Vangelis, Griechenland. *(betont Griechenland)*

FRAU MYRER *(hakt ab):* Gut, dann darf ich Sie noch mit den anderen bekannt machen, das dort ist England und dort Frankreich. Polen liegt dort drüben.

Paul und Pierre nicken den anderen kurz zu.
Georg umarmt die beiden.

PAUL *(versucht, Georg höflich von sich zu stoßen):* Okay, okay, bitte lass das, in diesem Raum darf mich genau eine Person umarmen. *(blickt fordernd auf Frau Myrer)*

FRAU MYRER: Ich bin für Männerfragen zuständig, nicht für Männerbedürfnisse.

GEORG: Dann hätte ich gleich eine Frage. Sollten wir in Summe nicht sieben Bewohner sein?

Es läutet wieder an der Tür, Krzysztof erwacht und setzt sich auf, Frau Myrer öffnet die Tür. Herbert betritt die Wohnung. Er – blonde Haare, blaue Augen –wirkt nicht wie ein Italiener, sondern eher wie ein Deutscher, trägt aber ein Italientrikot.

PAUL *(lachend zu den anderen):* Sebastian Schweinsteiger steckt in falsche Dress!

HERBERT *(zu Frau Myrer):* Ich heiße Bertini, tut leid, bin ich zu spät? Scusa, typisch Italiener.

FRAU MYRER: Bertini? In meinen Unterlagen steht, dass sie Herbert heißen.

HERBERT: Ja, Papa war Italiener, Mutter Deutsche. Bei die Namen hat sich Mama leider durchgesetzt. Aber nur bei die Name. In meine Herzen bin ich Italiener. Deswegen bitte Bertini.

PIERRE: Im Herzen Italiener, aber das Aussehen von der deutschen Mutter ...

HERBERT: Ja, ich wurde geboren im falschen Körper.

PAUL *(hat nur den letzten Satz mitbekommen):* Oh, my god!

Herbert betritt das Wohnzimmer und begrüßt alle.

HERBERT: Ciao!

Georg umarmt ihn.

GEORG: Willkommen! So, Frau Myrer jetzt sind wir komplett.

FRAU MYRER: Fast. *(deckt den Vogelkäfig ab)* Das ist Barroso, der letzte Mitbewohner. Für ihn müssen Sie gemeinsam Sorge tragen.

UWE: Spitze, was uns alle verbindet, ist ein Vogel!

FRAU MYRER: Wir sind froh, dass wir ihn gefunden haben. Weil nach EU-WG-Wohnungsrichtlinien § 3 Punkt 4 Absatz 2 muss mindestens ein Bewohner der WG aus Belgien stammen.

UWE: Und?

FRAU MYRER: Nachdem es keinen geeigneten Bewerber aus Belgien gab, hat unsere Frau Kommissarin entschieden, dass der Vogel diesen Platz einnimmt. Es handelt sich um einen Kanarienvogel der Rasse „Belgischer Wasserschläger". Der Vogel ist als Belgier vollständiges WG-Mitglied.

PIERRE: Wie bitte – in ganz Belgien gibt es keine gescheiterte Existenz, die sich für die WG beworben hat?

UWE: Die gescheiterten belgischen Existenzen bekommen ja die Jobs direkt in Brüssel.

Plötzlich knurrt der Dobermann.

PAUL: Fuck, was war das?

FRAU MYRER: Wilhelm mag es nicht, wenn man schlecht über die EU redet.

HERBERT: Was, Hund ist abgerichtet auf Kritik?

FRAU MYRER: Nein, auf Kritiker. Probieren Sie´s einmal. Ich halte ihn kurz.

HERBERT *(Richtung Dobermann):* Jeder einzelne Italiener hat mehr Ahnung von der Abfallentsorgung als die gesamte EU-Kommission.

Wilhelm knurrt.

HERBERT: Okay, okay. Italien freut sich auf neue EU-Abfallentsorgungsgesetz.

Wilhelm bleibt ruhig, wedelt mit dem Schwanz.

UWE: Wer war der Hundetrainer? Jean-Claude Juncker?

PAUL: Wer ist das?

FRAU MYRER: Meine Herren, wie Sie wissen, ist diese Wohngemeinschaft ein Projekt für Männer im Umbruch, denen die EU eine zweite Chance geben will.

GEORG: Danke Frau Myrer, nur ich bin nicht im Umbruch, mein Psychotherapeut hat mir erklärt, es hilft, wenn ich mir eingestehe, dass ich gescheitert bin.

UWE: Ich bin nicht gescheitert, ich habe nur eine vorübergehende Erfolgsallergie.

PIERRE: Ich fange vielleicht bei null an, aber auf hohe Niveau.

PAUL: Meine Frau hat mich einvernehmlich verlassen.

FRAU MYRER: Wie dem auch sei, Sie bekommen kostenlos die Wohnung zur Verfügung gestellt und pro Woche eine EU-Subvention von 400 Euro.

Frau Myrer zeigt auf zwei dicke Ordner.

FRAU MYRER *:* Hier sind übrigens sämtliche EU-Wohnungsrichtlinien enthalten.

Georg fängt zu blättern an.

GEORG: Schon sehr detailliert – bei den Kleiderbügeln soll man beachten, dass die darauf hängende Jacke nicht mehr als 850 Gramm wiegt. Oder hier, Wäsche aufhängen: Verwenden Sie schwarze Wäschekluppen für die Buntwäsche und rote für die Weißwäsche.

UWE: Und wahrscheinlich die hölzernen, wenn der Pullover von einem Waldorfschüler gestrickt wurde ...

GEORG *(liest weiter vor):* In der Obstschüssel dürfen
nur Früchte aus maximal zwei verschiedenen
Kontinenten liegen.

FRAU MYRER *(verlegen):* Ja, es ist schon etwas detailliert.

Uwe nimmt eine Banane aus der Obstschüssel.

UWE *(scherzt):* Ich glaube, da passt die Krümmung nicht.

FRAU MYRER *(streng):* Machen Sie sich bitte nicht über
unsere Normierungen lustig!
Folgen Sie mir – ich zeige Ihnen die
Zimmer.

Frau Myrer steckt heimlich die Banane in die Tasche, geht vor und zeigt den Männern die Zimmer.

FRAU MYRER: Jedes Zimmer ist benannt nach der
Landeshauptstadt des Bewohners.
Hier haben wir Paris, Warschau, Wien,
London, Rom und Athen.

UWE: Wo ist bitte Berlin?

FRAU MYRER: Ähm, das ist mir ein wenig unangenehm, aber Berlin wurde irgendwie vergessen.

UWE: Was heißt vergessen?

FRAU MYRER: Auf den ersten Plänen war es noch vorhanden, es dürfte dann im Zuge der Umsetzung …

UWE *(unterbricht Frau Myrer):* Das gibt es doch nicht! Ausgerechnet Berlin haben Sie vergessen. Den Dreh- und Angelpunkt. Wie kann man Deutschland vergessen? Die Melkkuh der EU. An unserer Zitze haben sich doch sämtliche Südländer festgesaugt, da hätte man doch wohl zum Dank auf Rom oder Athen vergessen können!

HERBERT: Moment, Deutsche. Wir in Italien brauchen euch nicht. Ihr fahrt auf Urlaub ständig zu uns und kauft Landhäuser in Toskana. Aber kein Italiener fährt in die Ruhrpott oder kauft eine Plattenbau in Dortmund.

GEORG: Uwe, Herbert, da möchte ich vermittelnd dazwischengehen. Wie denkt ihr …

UWE: Nein, ich frage mich jetzt nicht, „wie es ihm dabei geht"!

GEORG: Wie? Egal, wir sollten auf alle Fälle alle wieder zur Vernunft kommen.

UWE: In der Vernunft kann ich nicht übernachten, ich brauche ein Bett! Ich habe auch ein Minimum an Bedürfnissen!

PAUL: Für Bedürfnisse ist Frau Myrer aber nicht zuständig! *(lacht)*

FRAU MYRER *(zu Uwe, Paul ignorierend):* Keine Angst, ich werde das klären. Ich bitte Sie, vorübergehend im Wohnzimmer auf dem Sofa zu übernachten.

UWE: Wie bitte?

FRAU MYRER: So, meine Herren, vielleicht zur allgemeinen Beruhigung ein kleiner Begrüßungsdrink?

PAUL: Yes, Damsel, für mich ein Pint Lager.

PIERRE: Ah, bien sûr, für mich einen Bordeaux!

GEORG: Für mich bitte ein kleines Glas Orangensaft.

FRAU MYRER *(kommt mit einem Tablett voll rosa Begrüßungscocktails mit Zuckerrand):* Willkommen in der EU-WG! Für jeden ein Begrüßungscocktail.

PAUL: Was ist das für ein Hello-Kitty-Saft?

Wohnzimmer, innen, Tag

Die Männer und Frau Myrer sitzen auf der Couch und schlürfen Cocktails. Herbert versucht, eine Stehlampe neben sich einzuschalten. Es bleibt dunkel.

HERBERT: Glühbirne ist kaputt.

FRAU MYRER: Nein, das sind die neuen Super-Energiesparlampen, in einer Stunde ist es hell.

Paul dreht sein leeres Glas um.

PAUL: Frau Myrer, könnten Sie mich noch mal begrüßen?

FRAU MYRER: Meine Herren, manche übersehen die Ernsthaftigkeit. Dieses Projekt kann für jeden von Ihnen ein Sprungbrett sein. Es ist doch wirklich schön hier. Nennen Sie mir einen Grund, der gegen diese Wohnung spricht?

UWE *(blickt in die Runde):* Ich sehe sogar sechs.

HERBERT: Deutsche, ich sage dir ...

FRAU MYRER: Meine Herren, Sie müssen miteinander auskommen. Denn Sie wissen, wenn einer von Ihnen die WG verlässt, ist dieses Projekt zu Ende.

ALLE MÄNNER GEMEINSAM: Was?

FRAU MYRER: Außer, Sie finden Ersatz durch einen qualifizierten anderen EU-Bürger. Es müssen hier immer Männer aus sieben verschiedenen EU-Ländern wohnen.

PIERRE: Madame Myrer, damit wir uns richtig verstehen. Wenn Uwe und Herbert sich zerstreiten, habe ich keine Wohnung?

FRAU MYRER: Genau. Wir stärken damit Ihre soziale Kompetenz. *(schaut in die Akten)* Auch dem Barroso darf nichts passieren.

UWE: Wie? Wenn der Vogel den Löffel abgibt, dann steh ich auf der Straße?

FRAU MYRER: Sehr schön, Sie haben die Unterlagen durchgelesen.

UWE *(schreit):* Das kann jetzt nicht sein, meine Zukunft hängt von einem Vogel ab!

VANGELIS: Psssst! Wenn der Vogel erschrickt, bekommt er vielleicht einen Herzinfarkt.

GEORG: Wie alt wird denn so ein Vogel eigentlich?

Frau Myrer zuckt mit den Schultern.

VANGELIS: Ach, auf jeden Fall 10 bis 15 Jahre.

GEORG: Fein, Männer, das ist lange.

FRAU MYRER: Barroso wird kommende Woche vierzehn. So, Barroso hat somit gleich die Vorstellrunde eingeleitet. Hat jemand an einen anderen Bewohner eine Frage?

PIERRE: Schnarcht einer von euch?

HERBERT: Ja, ich.

FRAU MYRER: Es hat jeder sein eigenes Zimmer.

UWE: Schön wär´s!

PIERRE: Ich wohne genau neben Herbert. *(zu Herbert)* Wie laut?

HERBERT: Tut mir leid, Dezibel weiß ich nicht.

PIERRE: Bitte, wie laut?

HERBERT: Wie soll ich wissen, wie laut ich schnarch, ich hör mich ja nie.

PIERRE: Kannst du bitte mal probeschnarchen?

HERBERT: Also das ist lächerlich.

PIERRE: Für dich vielleicht, aber nicht für mich. Probeschnarchen!

Herbert schnarcht vor, Pierre hört konzentriert zu.

PIERRE: Wirkt nicht echt. Gib mir Nummer von deine Exfrau, will fragen, wie laut du schnarchst.

HERBERT: Gib mir Nummer von deine Exfrau, will fragen, wie oft du spinnst!

FRAU MYRER: Hat sonst noch jemand eine etwas persönlichere Frage?

PAUL: Ist einer von euch schwul?

Frau Myrer schaut ihn streng an.

PAUL *(entschuldigend):* Na, ich muss ja wissen, ob ich mein Zimmer in der Nacht besser abschließe.

UWE: Also so schwul kann man gar nicht sein, damit du ins Beuteschema fällst – hahaha!

KRZYSZTOF: Ich sperre mein Zimmer sicher ab, zumindestens, bis Berlin-Problem gelöst ist.

UWE: Was?

KRZYSZTOF: Ja, Warschau hat schon einmal einen deutschen Einmarsch erlebt!

UWE: Was?

KRZYSZTOF: Wir haben das nicht vergessen!

UWE: Der nächste Spinner.

Stille. Frau Myrer hakt Ihre Liste ab.

FRAU MYRER: So, die Vorstellrunde hat einmal geklappt.

Frau Myrer geht Richtung Wohnungstür.

FRAU MYRER: Ich muss gehen, komme aber bald wieder, um eine Inspektion durchzuführen.

UWE *(steht auf):* Und, kann die verdammte EU inzwischen für mich ein schönes großes Zimmer bauen?

Der Dobermann knurrt.

UWE: Ist gut, mir reicht schon eine Schlafnische.

<u>Küche, innen, Tag.</u>

Krzysztof wuzelt sich eine Zigarette.

VANGELIS: Ist dir klar, dass eine Zigarette mehr Feinstaub produziert als ein Dieselmotor in 100 Minuten? Probier es mit Nikotinpflaster. Die helfen super.

Gibt Krzysztof ein Nikotinpflaster.
Herbert kommt in die Küche.

HERBERT: Bitte, Wohnung muss rauchfrei bleiben. Italien ist tutto completo rauchfrei. Aber vielleicht baut dir die EU am Gang noch eine Rauchaquarium – wie auf die Flughafen. Warum soll ich passiv leiden unter ...

Krzysztof klebt Herbert das Nikotinpflaster auf den Mund. Der bekommt diesen nicht mehr auf.

KRZYSZTOF: Helfen wirklich super!

Georg, Paul und Pierre kommen in die Küche.

GEORG: Liebe Mitbewohner, habt ihr auch so einen Hunger?

Alle nicken.

PAUL: Genau – Pizza!

PIERRE: Also, wir bestellen sicher keine Pizza. Der Kühlschrank ist doch gefüllt. Wir werden uns was kochen.

HERBERT *(nimmt das Pflaster vom Mund):* Genau, keine Pizza, wir werfen die Herd an.

Pierre öffnet den Kühlschrank und überlegt.

PIERRE: Alors, Cassoulet mit Speck.

GEORG: Speck? Gibt es auch eine vegetarische Option?

PIERRE: Ja natürlich, wir machen ein Topf Cassoulet mit Speck und ein Topf vegetarische Cassoulet mit Speck.

HERBERT: Was ist das überhaupt – Cassoulet?

PIERRE: Ist eine wunderbare Eintopf.

HERBERT: Ah, eine Zuppa Fratoiana – nur mit Speck!

PIERRE: Und mit Bohnen.

GEORG: Ich würde vorschlagen, dass wir jetzt einmal kochen, und beim Essen machen wir dann für das Gericht ein gemeinsames Namens-Brainstorming.

Pierre nimmt Nahrungsmittel aus dem Kühlschrank und stellt diese auf die Arbeitsplatte, zieht dann ein Notizbuch aus der Tasche und schlägt eine Seite auf.

PIERRE: Hier das Rezept.

Georg liest sich das Rezept durch.

GEORG: Wenn ich euch einen Aufgaben-Einteilungsvorschlag unterbreiten darf? Ich bin auch offen für ein ehrliches Feedback. Uwe, du schneidest vielleicht einmal die Zwiebeln ...

UWE: Grundsätzlich gerne, aber ich dachte für mich eher an eine Aufgabe im Küchenmanagement.

Pierre greift auf die Dunstabzugshaube.

PIERRE: Die funktioniert nicht!

Krzysztof geht hin und probiert sie einzuschalten. Kein Erfolg.

KRZYSZTOF: Hole Leiter.

GEORG *(zu Krzysztof):* Ich habe dich eher im Bereich Thymianwaschen gesehen ...

Krzysztof geht weg.

GEORG: Kein Problem, den Thymian wasch ich einfach nach dem Zwiebelschneiden.

Vangelis schaut sich die Dose mit den Bohnen an.

VANGELIS: Die wurden nicht kontrolliert angebaut. Die nehmen wir nicht.

HERBERT: Vangelini, ich sage dir, wir haben alle Hunger, und meine Magen freut sich auch über unkontrolliert angebaute Bohnen.

VANGELIS: Nicht jeder hat deinen Magen.

HERBERT: Schau, unten im Haus habe ich gesehen, da ist eine Biotonne. Die kannst du dir gerne aufkochen. Ich esse heute Abend diese niedergespritzte, unglückliche und unfair gehandelte weiße Bohnen.

Georg geht dazwischen.

GEORG: Also Leute, wir sollten alle zur Vernunft kommen. Vangelis, wie geht es dir mit dem Einwand vom Herbert?

Herbert schaut Georg böse an.

GEORG: Ich meine vom Bertini.

Krzysztof stellt mitten vor dem Herd eine Leiter auf und steigt mit Werkzeug in der Hand hinauf. Pierre schiebt den Topf von der Platte.
Paul hält eine Flasche über den Topf, aus der eine Menge Ketchup in den Topf rinnt.

PIERRE *(entsetzt):* Was machst du da, bitte?

PAUL: In die Rezept steht 250 Gramm Tomaten.

PIERRE: Aber doch nicht Ketchup!

PAUL *(zeigt auf das Etikett mit der Abbildung einer Tomate):* Tomate ist Tomate!

UWE *(der unbeteiligt danebensteht):* Wie lange ist eigentlich die Kochzeit bei so einem Cassoulet?

PIERRE: Ab jetzt gute zwei Stunden.

Alle anderen Männer blicken sich fassungslos an.

Wohnzimmer, innen, Tag
Georg steht vor der Pizzabotin Luise.
Die anderen Männer sitzen mit geöffneten Pizzaschachteln auf dem Sofa. Georg sucht in seiner Geldbörse nach dem passenden Kleingeld.

LUISE *(blickt sich in der Runde um):* Reiner Männerabend heute, oder?

GEORG *(gibt Luise das Geld):* Wie? Ach so, nein, wir wohnen alle hier zusammen! Wir sind ein EU-Projekt.

Paul steht auf und kommt zu Georg und Luise.

PAUL: Georg, come on, iss jetzt deine Pizza, sonst wird noch allen übel vom Geruch deiner Veggie.
(zu Luise) Hi, Paul from England.

LUISE: Luise, Schweiz.

PAUL: Nice! Und nachdem unser Abendessen immer erst zum Frühstück fertig ist, werden wir uns wohl in Zukunft öfter sehen.

LUISE: Ja, gerne, ich freue mich immer über interessante Stammkunden. Wirklich spannend, euer Projekt.

PAUL: Na, dann zieh doch hier ein.

LUISE: Hmmm, da würde ich wohl nicht dazupassen.

GEORG: Weil du aus der Schweiz bist?

LUISE: Ja, auch. *(etwas verlegen)* Aber ich meinte mehr wegen ...

GEORG: Du meinst, weil wir alle Männer sind?

LUISE *(erleichtert):* Ja, das meinte ich, als Schweizer Frau passe ich wohl nicht in eine EU-Schwulen-WG!

PAUL: Ich bin nicht schwul! *(öffnet seine Brieftasche)* Schau, das ist Foto von meine Frau!

LUISE: Und wo ist die jetzt?

PAUL: Nimmt sich Auszeit.

HERBERT: Bis ungefähr Lebensende.

Alle lachen, Paul nicht.

LUISE: Das heißt, ihr alle seid nur befreundet?

PIERRE: Wir wurden bekannt gemacht. Das hier ist eine EU-Projekt für Männer im Umbruch.

GEORG: Mit „Umbruch" meint die EU „gescheitert".

UWE: Ach, du Weichei, im Wort „gescheitert" steckt das Wort gescheit. Stimmt´s?

Ein paar Männer nicken, ein paar nicht.

LUISE: Oft seid ihr aber nicht einer Meinung, oder?

GEORG: Du sprichst hier genau unseren wunden Punkt an, unsere Achillesferse.

LUISE: Ihr müsst halt immer abstimmen, um zu einer gemeinsamen Meinung zu kommen. In der Schweiz machen wir für alles eine Volksabstimmung, damit wir wissen, was wir wollen.

Luise lächelt. Die Männer schauen sich an.

LUISE: Also dann, grüezi und ä guete!

Luise verlässt die WG.

PIERRE: Sie hat recht, Abstimmungen sind ein effizienter Weg. Also, sollen wir morgen wieder Cassoulet kochen? Handzeichen! *(Pierre hebt die Hand)*

Keiner der anderen Männer hebt die Hand.

GEORG: Wem schmeckt die Pizza?

Sechs Männer zeigen auf, Krzysztof isst einfach weiter.

GEORG: Unsere erste gemeinsame Entscheidung! Wir sind eine EU-WG nach Schweizer Vorbild.

Wohnzimmer, innen, Abend

Die Männer liegen erschöpft auf dem Sofa, auf ihnen die Pizzaschachteln. Sie schweigen. Pierre steht auf.

PIERRE: So, Messieurs, es war heute eine aufregende Tag. Ich gehe schlafen.

GEORG: Eine gute Idee. Es war schön mit euch. Ich denke, wir sind ein Superteam.

Die Männer stehen einzeln auf.

VANGELIS: Klar doch.

PAUL: Certainly.

HERBERT: Naturalmente.

Krzysztof und Vangelis nicken.

GEORG: Wir müssen uns halt noch finden, aber dann ... *(macht eine motivierende Geste)*

Alle Männer bis auf Uwe verabschieden sich mit einem „Gute Nacht".

GEORG: Na, dann gute Nacht, Uwe! *(geht zum Vogelkäfig und deckt diesen zu)* Gute Nacht, Barroso!

Uwe legt sich aufs Wohnzimmersofa.
Georg verlässt den Raum.

UWE *(ruft Georg nach):* Gute Nacht, ich freu mich auf morgen!

UWE *(zu sich, murmelnd):* Denn es kann nur besser werden ...

In den Schlafzimmern, innen, Nacht

Man sieht jeden Bewohner in seinem Bett liegend und in die Luft schauend.

PIERRE *trinkt ein Glas Rotwein in einem Zug aus.*
KRZYSZTOF *hat zwei Zigaretten im Mund.*
VANGELIS *(zu sich):* Das ist nur eine Übergangslösung.
HERBERT *betet Richtung Decke.*
PAUL *singt mit geschlossenen Augen die englische Hymne.*
GEORG *hat ein Flipchart auf die Wand neben seinem Bett geklebt, auf dem er die WG-Ausgangslage zeichnet.*

Wohnzimmer, innen, Nacht

Uwe liegt alleine auf dem Sofa und rollt sich zusammen.

UWE: Es ist so kalt. Ich brauche eine Decke.

Blickt sich um und sieht die Decke, die über dem Käfig des Kanarienvogels liegt.

UWE: Das ist es!

Uwe steht auf, nimmt die Decke vom Vogelkäfig und legt sich mit dieser wieder hin. Nach einer kurzen Pause fängt der Kanarienvogel zu zwitschern an.

UWE: Was ist jetzt?

Uwe bemerkt, dass der Kanarienvogel aufgewacht ist.

UWE: Nein, bitte nicht, es ist Nachtruhe – auch für Kanarienvögel. Lies den Ordner! *(zeigt auf den Wohnungsordner)*

Der Kanarienvogel zwitschert immer lauter.

UWE: Barroso, halt die Klappe!

Nach längerem Hin- und Herwälzen steht Uwe auf, geht zum Käfig und spricht mit dem Vogel.

UWE: Barroso – bitte. Sei wenigstens du vernünftig.

Barroso hört nicht zu zwitschern auf.

UWE: Du verdammter Vogel. Ja, ich habe verstanden!

Uwe hängt die Decke wieder über den Käfig. Barroso hört zu zwitschern auf. Uwe legt sich wieder auf das Sofa und sieht die große EU-Fahne an der Wand hängen. Er reißt sie herunter und wickelt sich in sie ein.

ENDE FOLGE 1

JOHANNES ZINNER

KLAUS ECKEL

Klaus Eckel ist ein in Klosterneuburg wohnhafter Kabarettist. Ursprünglich ein Betriebswirt, also ein Komiker im zweiten Bildungsweg. Er ist Gewinner des österreichischen und des deutschen Kabarettpreises und absolviert jährlich an die 200 Auftritte, unter anderem an so exotischen Spielorten wie einem Theater in Hongkong, einem Kreuzfahrtschiff im Indischen Ozean und einem Möbelhaus in Wels.

www.klauseckel.at